ミスティナ
日本料理店を任されている
凄腕の料理人。
「できましたー!」
「うんみゃ～い!」
転生社畜のチート菜園4
～万能スキルと便利な使い魔妖精を駆使してたら、
気づけば大陸一の生産拠点ができていた～

ウンディーネ
水の妖精。水質を自在に
操ることができる。
マサト
異世界転生した元社畜。
チートな能力で異世界を満喫中。

シルヴィア・ドラモンド
ファロン王国の現在の大聖女。
ティアナが気に食わず、
こっぴどく虐げている。
フェリクス・フォン・リーヴィス
リーヴィス帝国の皇帝。
帝国を守るためにティアナを
聖女として皇妃に迎える。
常に笑顔で口調は丁寧だが冷めた性格。
ルフィノ
リーヴィス帝国一の魔法使い。
エルフの血が濃く、歳をあまりとらない。
フェリクスを補佐。穏やかで優しく、
ふわふわしていて掴みどころがない性格。

（本当に、絵本に出てくる王子様みたい）

「……ふふ」

「どうかされましたか？」

「いえ、楽しいなって」

「フェリクス様、ダンスがとてもお上手ですね」

「あなたこそ。驚きました」

プロローグ　転生してから今日に至るまで

俺は新堂将人《しんどうまさと》。

多重下請けの最底辺ＩＴ企業で働く社畜――だったはずの男だ。

ひょんなことから、俺は異世界に転生することとなった。

きっかけは、病気になったミニトマトの実を食べてしまったこと。

いや正確には、変な模様が入っていたせいで病気だと思った実の正体が「転生樹の実」だったらしく、俺は強制的に異世界に連れて行かれた。

強制的にとは言っても、全く嫌なことではなく……むしろ、ブラック労働から解放されるちょうどいいきっかけとなった。

「転生樹の実」の効果で多数のドライアドに慕われた俺は、不思議な力を手に入れ、その勢いでドラゴンをも従えることに成功してしまったのだ。

そのドラゴンにはヒマリという名を付け、今では完全に仲良しになっている。

ヒマリに乗せてもらって街に移動した俺は、農業を始めることにした。

理由は一つ、前世の社畜時代に「農家で悠々自適な自給自足生活！」というテレビ番組を見たのがきっかけで、農業に強い憧《あこが》れを抱いていたからだ。

幸いにも、俺にとって農業は天職だった。

ドライアドの恵みの雨に、ヒマリのドラゴンブレスによる草木灰やその器用な爪捌《さば》きによる土づくり。

そういった諸々《もろもろ》の協力の上にダンジョンでハイグレードな「成長促進剤」を手に入れられたこともあって、俺は駆け出しの時から最高品質の作物を作りまくることができた。

自前の農作物に加えヴィアリング海という世界一良質な魚介が手に入る海で漁をして海産物を得たこともあり、俺の食生活はとても充実していた。

そんなある日、更なる転機が訪れた。

アルヒルダケが成熟すると、俺はヒマリと一緒にヒマリの母へ特効薬を届けに行ったのだが……

そのお礼にと、「浮遊大陸」というどんな土壌にもできて際限なく拡張できる異次元の土地や、「世界樹」というドライアドがシルフに進化する木の種を貰《もら》えてしまったのだ。

浮遊大陸と世界樹を得た俺の農業は、質・量ともに更に加速した。

ドライアドがシルフに進化したことで品種改良を行えるようになった俺は、異世界に来て以来念願の米を育てることに成功したのだ。

またそれに伴い、俺は日本食でよく使う調味料を網羅的に揃《そろ》えることもできた。

そんな活動の最中、俺はミスティナという両腕を失った少女に出会った。

彼女は一流の料理人を目指していたが、ある日友人に裏切られ、呪詛《じゅそ》をかけられて腕を切除せざるを得なくなったとのことだった。

俺は彼女の腕を治癒し、日本食の料理店を開きたいからウチで働いてくれないかと誘ってみると快諾してくれたので、俺たちは料理店の開業に向けて準備を進めることとなった。

店は営業初日から記録的な大繁盛となった上に、モーリーという世界的に著名な料理評論家が来店し、通常最高でも星4までしかつけないその人から異例の星6評価を頂くことすらできてしまった。

あの日の夜は、ミスティナが感極まってずっと食い入るように証明書を見つめてたんだっけな。

店の経営が軌道に乗ってからも、俺は化石から古代の超絶美味な苺《いちご》を再生してみたり、七つの卵を集めて復活させないといけない不死の鶏や気合で街を吹き飛ばせる牛や料理勝負好きな法師ご自慢の豚の家畜化をしたりと食材の探求を続け、自分の食生活をより豊かにすると共に店のメニューの拡充も図ってきた。

一時期はミスティナの稼働が大変なことになりそうな時もあったが、それもシルフの更なる進化により助手を務められる程の料理の腕前を持たせたことで厨房《ちゆうぼう》の増員を行い、無事に解決することができたんだったな。

ペガサスの件を皮切りに、今では食糧事情についてては神々にまで頼られるようになり始めた俺だが、俺の食の探求はまだまだ止まらない。

これからも、気ままに栽培や製造を楽しんでいくこととしよう。

第一章　トレントを活用しよう

農業ギルドにホーリーコーンポタージュを納品してから、数日後の夜のこと。

俺はいつものように店の様子を見に行っていたのだが……その時にいた一組の客から、こんな会話が聞こえてきた。

「なあ、聞いたか？　あの噂《うわさ》」

「あの噂……？　例の討伐隊のことか？」

「そうそう」

「いや、特に何も聞いてないな」

「あいつらなんだけどさ……討伐に失敗したらしいぜ」

「ええ⁉」

「討伐に失敗した」という言葉に、話し相手の男はガタリと席を立った。

側から聞く分には情報量がゼロな会話だが、とりあえず何か不穏なことが起きているのだけは伝わってくる。

「コホン……いや、マジかよ」

急に立ち上がって周りの視線が集まったことにバツの悪さを感じてか、男は軽く咳払《せきばら》いして席に座り直した。

「この街の最精鋭を集めて結成した奴《やつ》らだったはずだよな。それが敗れるって……やばくねえか？」

「ああ。上位種が相手でも勝てるくらいの戦力だったはずなんだがな……」

〝上位種〟ってことは、ターゲットは人間ではなく魔物の類のようだな。

となると討伐隊ってのは、強力な冒険者のパーティーが何組か集まって、臨時の共同戦線を張った……的なものだろうか。

相変わらず情報が断片的なので推測しかできないが、とりあえずそれだけ分かっただけでも、俺は少し安心できた。

迫っている脅威が魔物なら、最悪俺とかヒマリが動けばいいだけの話だからな。

戦争とかだったら、たとえ勝てるとしても面倒くさそうだからあまり関わりたくないところだったが。

「討伐に失敗した」とは言っているが「討伐隊が全滅した」とは言ってないし、高めに見積もってもターゲットの戦闘力は八十階層クラスの魔物にも及ばない程度だろう。

俺は聞き耳を立てるのをやめ、厨房に向かうことにした。

あんまりずっと立ち止まって耳を傾けてたら不審な人みたいに思われかねないからな。

厨房に入ってからは、いつもどおり軽く調子を聞いてから、ハイシルフたちにまかないを作ってもらった。

特段問題なく店は回ってるとのことだったので、だし巻き卵とチャーシュー丼を食べて満足した俺は、早めに視察を切り上げてアパートに帰った。


次の日。

俺は昨日小耳に挟んだ噂について少し情報収集をしようと思い、農業ギルドに足を運んだ。

行き先を農業ギルドにした理由は一つ。

「農業ギルドで情報を仕入れられるような事態かどうか」というのも、自分が動くかどうかの一つの指標にしたいからだ。

昨日の話を聞く限り、討伐隊はほぼ間違いなく冒険者（あるいは騎士の可能性もあるが）で構成されている。

情報収集という意味で言うと、冒険者ギルドに聞きに行くのが一番確実かつ手っ取り早いだろう。

だが、俺はこのことを冒険者ギルドに聞きに行きたくはなかった。

なぜなら、仮に俺がその「討伐対象」を討伐すると決めた場合、冒険者ギルドに話を聞きに行ってたら高確率で俺がやったと冒険者ギルド側が把握できてしまうからだ。

俺は冒険者登録こそしていないが、昇降機や「ｙｅｓ！　シンデレラクリニック」のこともあって、おそらくギルド職員には顔を覚えられてしまっている。

話を聞くだけ聞いて「俺が討伐します」とも何とも言わずに帰り、後日討伐したとしても、ギルド職員は雰囲気で「昇降機の人がやったな」と察することだろう。

これ以上あのギルドで目立つと、今まではギリギリ誰にも目をつけられずにいたのにこれを期に俺の身辺を探ろうとする者が出始め……とかいうことが起こらないとも限らない。

十中八九は杞憂《きゆう》だろうとはいえだ。

なので俺としては、もっと人知れず情報を集め、仮に俺が対処した方がいいという判断に至ったとしてもそれを誰の仕業ともわからないように終えてしまいたいというのが本音だ。

そういう意味では、100パーセント信頼のおける、守秘義務を絶対に守ってくれると断言できる農業ギルドに聞きに行くのは結構順当な選択だ。

仮に農業ギルドで「知らない」という回答が返ってくれれば、俺はその時点でもう昨日の噂の件には関わらないつもりでいる。

冒険者界隈《かいわい》のみで騒ぎになっていることで、街全体とか農業ギルドが影響範囲に入っていないような事象なら、わざわざ俺が首を突っ込む必然性に欠けるからな。

ぶっちゃけ時間が経《た》つと興味も薄れてきたし、「知らない」って言ってくれればそれでいいや……なんて気分にもなりつつ、俺は農業ギルドに到着した。

建物に入ると、いつものようにキャロルさんが俺に気づいて話しかけにきてくれた。

「おや、マサト様じゃないですか。今日は何を納品されに来たんですか？」

「いや、今日は特に何か収穫物を持ってきたわけじゃないんだ。とある噂について、ちょっと情報を仕入れたくて」

「ほお。とある噂……とは？」

「昨日、店にきたお客さんが『討伐隊が何かの討伐に失敗した』みたいなことを話していたんだ。

情報量が少なくてすまないが……これ、何か思い当たる節があったりするか？」

俺がそう質問すると、キャロルさんは少し上を向いて考えた後、「あっ」と何かを思い出したようにこう答えた。

「それ……おそらくトレントのことですね。討伐に失敗した、というのは知りませんでしたが、直近で『討伐隊を編成して何かを倒しに行こうとした』的な話となるとそれしかないと思います」

「そうか」

どうやら俺の見立ては合っていたらしく、やはり討伐対象は魔物の類だったようだ。

「その討伐隊ってのは、冒険者で編成されたものか？」

「そうですね。マサト様がダンジョンに設置した昇降機の利権料を受領しに冒険者ギルドに出向いた際に聞いた話ですから」

キャロルさんはそう答えると、「あっちょっと待ってください」と言って小走りで奥の部屋に行き、金貨の山を抱えて戻ってきた。

「そうそう、今の話で思い出しました。今度マサト様が弊ギルドにいらっしゃったら、昇降機の利権料を渡そうと思っていたんです。こちらです」

「ああ、そういえばそんな話もあったな。ありがとう」

利権料の契約を結んだの、時期的にはそんなに昔じゃないはずなのにすっかり遠い話みたいだな、と半ば懐かしい気分になりつつ、俺はキャロルさんから渡された金貨の山を収納した。

「『そんな話もあったな』って……あんなに偉大なダンジョンの改造も、マサト様にとっては忘れるくらいちょっとしたことなんですね……」

キャロルさんは遠い目で、軽くため息をつきながらそう呟《つぶや》いた。

まあ、俺の感覚としてはあれは完全に自分用として作ったようなもんだったからな。

今言われてようやく、冒険者ギルドに個人情報を開示しないために、利権料の受け取りは農業ギルドを経由してもらう話をしたことを思い出したくらいだ。

……って、そのことは今はどうでもいいんだ。

トレントについて知ってることを聞き出しにきたんだから、そろそろそっちに話を戻そう。

「それで……トレントって奴は、討伐に失敗すると何かまずいことでもあるのか？　有志に討伐してもらうんじゃなくて、わざわざ討伐隊なんて組んで出動させるってことは、そんじょそこらの害獣とかとは訳が違うんだよな」

ここに来た一番の理由は、農業ギルドにとっての影響を含め、俺が首を突っ込むべき案件かどうかを確認するためだ。

なのでまずはどんな脅威かを知るべく、俺はそんな質問をした。

「結構まずいですね。トレントがのさばってしまうと、最悪山の木々が全部枯れてしまいます」

「……何だと？」

影響は、かなり深刻なようだった。

「一体どうしてそんなことに？」

「トレントというのは、他の植物を搾取して生きるタイプの魔物なんです。一説によると、周囲の木の樹液を根こそぎ自身の体内に転移させてしまうのだとか。だから、トレントの被害って結構分かりやすいんですよ。一帯の木々が枯れて、その断面を見てみたら揃《そろ》いも揃って維管束が尋常じゃないくらい萎縮《いしゅく》していますからね。そして……トレントの〝食欲〟には、際限がありません」

「そ、そんな……」

「このままでは、トレントが発生したと言われている北の山は完全に禿《は》げ山《やま》と化してしまうでしょうね。我々としても、植林を営んでいるパートナーがいたりしますから、動向が割と気になっていたんです。そうでなくても、山が荒れると土砂崩れのリスクは上がってしまいますし……正直、良いことは一つもありませんね」

「なるほどな」

軽く話を聞く限りでも、トレントは農業ギルドにとっても街全体にとっても害悪なのは間違いなしのようだ。

これは、俺にどうにかできるなら迅速に手を打った方が良さそうだな。

「トレントって討伐するのは結構大変なのか？　どれくらいの強さなんだ？」

「そうですね……人間からすると、戦闘力って意味での脅威度は決して高くはありません。通常種であれば動きもとろいですし、一般人が鉢合わせてしまっても逃げ遅れることなんてまずないくらいですから。ただ、討伐するとなると結構面倒です」

「面倒……？」

「トレント、倒し方が実質火魔法しかないんですよ。斧《おの》とかの物理攻撃で倒すと、接ぎ木の要領で残った部分から再生して数が増えてしまい、むしろ逆効果なんで。でもトレントの周囲の木って枯れてるじゃないですか。そんなところで火魔法なんて使ったら、森林火災待ったなしなんです。大規模な山火事なんかになってしまったら、それこそ何のためにトレントを倒したのかって話ですので……火災に注意しながら火魔法でやっつけるという、非常に高度な戦術が求められまして」

「うわ、それは確かにめんどくさいな」

「おそらく討伐隊を編成したのも、攻撃部門の火魔法使いに延焼防止部門の水魔法使いや物理系部隊……と多人数を要したからかと思います」

「そういうことか」

ここまで浮かない顔で説明を繰り広げたキャロルさん。

しかし彼女は、一息つくと一変、明るい笑顔に切り替えてこう言った。

「ま、でももしマサト様が対処してくださるとしたら、今言ったような難しいことは考えなくていいと思います。今のはあくまで常識的な力しか持たない人間が現実的な方法で脅威を取り除く方法に過ぎませんからね。マサト様なら、引っこ抜いてそのまま太陽にでも放り投げればおしまいじゃないですか?」

「ええ……」

……おいおい。なんか急に話の趣旨が変わりすぎじゃないか。

まあでも、言いたいことは何となく把握できた。

「要は……破片一つ残さずに、かつ環境に悪影響が無いよう討伐すればどんな倒し方をしたって構わないって話だな？」

今の話を聞く限り、とりあえずこの二条件さえ守ればあとは自由なはずだ。

「太陽に放り投げる」という手段を取るかは別として。

質問を聞くや否や、キャロルさんは露骨にテンションを上げながらこう答えてくれた。

「あ、まさにその通りです！　というか……その質問をされるということは、討伐に出向いてくださるんですか？」

「ああ、農業ギルドにとっても良くない奴みたいだし、災いの芽は摘み取っておこうと思う」

「良かったです、ありがとうございます！」

「ところで……さっき『通常種はとろい』って言ったよな。そういえば討伐失敗の噂話をしてたお客さんたち、『今回の討伐対象は上位種かもしれない』みたいなこともポロっと言ってたんだが……仮に本当に上位種だったとして、他に気を付けることとかあるのか？」

「すみません、魔物の専門家じゃないのでそこまではあまり詳しく知らないのですが……確か通常種と上位種の違いは、若干燃えにくいのと獰猛《どうもう》で人を襲うことくらいだったと思います。要は、ダンジョンの未到達階層を攻略できるマサト様のような方にとっては、違いなんてあってないようなものかと！」

……だいぶ違うじゃないか。

とはいえ、討伐を諦《あきら》める要因になるほどの違いじゃないのは確かかもな。

ヒマリとかヒマリのお母さんとかにも話を聞いてみてから、どう攻略するかは考えるとするか。

「すまないな、あんまり業務に関係ない話に付き合ってもらって。ありがとう」

「いえいえ、むしろ感謝しかないですよ。言うほど無関係でもないですし」

「じゃ、ちょっと何とかしてくる」

「行ってらっしゃいませ。良い知らせを待ってます！」

キャロルさんに見送られる中、俺は農業ギルドを後にした。

じゃ、首を突っ込むべき案件だってことも分かったことだし、早速討伐に……といきたいところだが、よく考えたら今行くと現場で別の冒険者と鉢合わせてしまったりするかもしれない。

急いだ方が良いとはいえ半日で状況が劇的に悪化するとも考え難いし、人知れず動きたいなら夜になってから山に向かったほうが良いか。

というわけで、一旦《いったん》はアパートに戻って仮眠でも取ることに決めた。

◇◇◇

その日の夜。

店じまいがあらかた済んだ頃合いで、俺は北の山に向けて出発することに決めた。

昼間の段階でヒマリのお母さんにトレントの上位種について聞いてみたところ、俺は次のような情報を得ることができた。

まず、トレントの上位種にはハイトレントとキングトレントがいるとのこと。

両者の違いについて説明を求めたところ、「どっちも娘のため息レベルの息吹で塵《ちり》と化す程度だから何も変わらん」との回答が返ってきた。

また、俺はトレントの「樹液を奪って木を枯らす」という性質から、植物の妖精《ようせい》であるハイシルフを連れていくと生命力を吸い取られたりとかの懸念があるんじゃないかとふと心配になり、そのことについても尋ねてみた。

するとそれについては、「ハイトレントまではドライアドの生命力でも搾取不可能。キングトレントとなるとドライアドの生命力も少しは奪えてしまうため、死にはしないまでも少し気分が悪くなるので近づけない方がいい」という答えが返ってきた。

尚《なお》、あくまでもこれはドライアドの場合であって、二段階上の上位種であるハイシルフの場合はキングトレントが相手であっても多分生命力を奪われることはないだろう……とも言われた。

悪影響が深刻ならハイシルフは置いていこうかとも考えたが、影響は皆無あるいはごく軽微と思われる感じなので、一応何体かは連れていくことに決めた。

討伐の際に残骸を残してしまってないかのチェックなど、何かと役に立つ側面の方が大きいかと思ったからだ。

もちろん、少しでも体調不良を訴えるようなら即座に退避してもらうつもりだし、そのことは予《あらかじ》め連れていく予定のハイシルフたちにも伝えてある。

「よし。じゃあヒマリ、山まで連れてってくれるか？」

「もちろんです！」

ヒマリがドラゴンの姿に戻ったところで、ハイシルフたちと一緒に騎乗する。

それから十分ほどで、俺たちは目的の山の上空に差し掛かった。


「みんな、特に体調に異変とかはないか？」

「だいじょーぶだよー！」

「良かった。ヒマリ、トレントがどの辺にいるかとかって分かりそうか？」

「そうですねー……なんとなく雰囲気的にはあの辺かと！」

ハイシルフたちの体調を確認してから、ヒマリに山の上を何周か旋回してもらいつつターゲットの居場所の目星をつけたところで、俺たちは地上に降りた。

「あ！　なんかあっちのほうから、ぼくたちのちからをすいとろうとがんばってるけはいがするー！」

「それ、大丈夫なのか？　具合悪いならすぐ言えよ」

「ぜんぜんへーきへーき！」

「すごくがんばってるみたいだけど、あんなのぜんぜんきかないよ！」

地上まで近づくとハイシルフたちが何かを感じ取ったようだが、特に何か悪影響があるわけではなく、みんな誇らしげに無問題なのをアピールするばかりだった。

流石《さすが》にやっぱりドライアドとハイシルフでは生命力の吸収に対する抵抗力も違うか。

むしろ居場所の方角が特定できたし、連れてきたのは正解だったようだ。

ハイシルフたちが示した方向へ歩いていると……しばらくして、明らかにおかしな光景が目に入ってきた。

木の形をした物体が、のそのそと動いているのだ。

どう見てもあれがトレントで間違いないだろう。

とりあえず、どの上位種かも含め倒す前にもう少し情報を集めてみたいし、一旦鑑定でもするか。

「鑑定」

●キングトレント
固有スキル『P2P樹液共有』により周囲のあらゆる植物の体内の液体を自身に転送してしまう魔物。転送可能範囲はハイトレントの一・二倍の半径六十メートルに及ぶ。ハイトレントより優れた耐火性能と厚さ一メートルの鉄板をへし折るほどの物理攻撃性能、チーター並みの敏捷《びんしょう》性に加え火を扱える生物を優先的に攻撃する高度な知能を兼ね備えている。貯《た》め込んだ樹液は、使わない分は亜空間収納に貯蔵している。亜空間の容量はハイトレントまでの下位種とは異なり無限大である（ただし樹液以外のものは収納できない）。


調べてみると、かなり詳細な魔物の情報を得ることができた。

上位種は上位種でも、キングトレントの方だったか。

確かに、トレントやハイトレントを想定した戦力で討伐隊を組んでいたとしたら、討伐に失敗してもおかしくはないスペックをしているようだ。

しかし「絶対燃えない」とかは書いてないし、圧倒的な火力を以《もっ》てすれば燃やし尽くすことも不可能ではないんだろうな。

キャロルさんが言ってた太陽に放り込む作戦は一旦措《お》いとくとしても、引っこ抜いて空中まで担いでってラストアトミック……なんだったっけ……？　とかを放ってしまえば問題なく処理できる気はする。


が……待てよ。

それよりも俺、もっと良いことを思いついてしまったかもしれない。

もしかしてこいつ、倒さずとも仲間として活用する余地があるんじゃなかろうか……？

そう考えた根拠は二つ。

まず一つ目は、今のキングトレントの様子だ。

鑑定には「火を扱える生物を優先的に攻撃する」と書いてあるにもかかわらず、目の前の奴は一向にナノファイアを使える俺やブレスを吐けるヒマリに攻撃しようとする様子がない。

これはおそらく「高度な知能を兼ね備えている」というのが、単に脅威となりそうな生物を見分ける能力があるということに留《とど》まらず、脅威を判別した上で「勝てない相手を無闇に刺激しない」という判断をするくらいの理性もあるということを意味しているのだろう。

だとしたら、キングトレントが対話の余地がある相手である可能性も決して低くはない。

言語の壁はハイシルフの通訳スキルで何とかなるはずなので、対話可能かどうかの決め手は相手の知能の有無のみだからな。

そしてもう一つは、鑑定文の「貯め込んだ樹液は、使わない分は亜空間収納に貯蔵している」という部分だ。

もし仮にこれが、「奪った樹液と自身の樹液は分別管理できる」かつ「亜空間収納の樹液は、自身の身体《からだ》を通さずとも、ワイバーン周遊カードから物を取り出すがごとく外に出すこともできる」という仕様だったとしたら。

その能力は、「特定の木の樹液を集めて回収してきてもらう」といった形で活用できるだろう。

例えば俺が離島を新たに作って、そこで楓《かえで》の木を植林するとしてだ。

キングトレントに「木を枯らさない範囲で全部の木から最大限樹液を回収してきてくれ」と命令し、集めてきてもらったものを受け取ることができれば、俺はほんの少しの労力で大量にメープルシロップを生産することだって可能になる。

これはなかなか夢があるんじゃなかろうか。

俺はキングトレントと話をするため、ハイシルフたちにこう頼んだ。

「なあ、あいつに向かって俺の言葉を通訳してもらうことってできるか？」

「あれ、たおしにきたんじゃなかったのー？」

「少し気が変わってな。仲間にできるか試してみたいんだ。とはいえもちろん、通訳できる相手じやないなら無理にやれと言うつもりはないが」

「ことばをつたえるだけならかんたんだよー！」

「おちゃのこさいさいだよー！」

「ぼくたちにまかせてー！」

確認してみたところ、やはり「言語自動通訳」はキングトレント相手でも問題なく発動するようだ。

〈ハイシルフがスキル「言語自動通訳」を発動しました〉

通訳がオンになったところで、まずは第一声をかける。

「おーい君ー、聞こえるかー？」

すると……キングトレントは一瞬身体をブルッと震わせたかと思うと、小声で何やら呟《つぶや》き始めた。

「繧��縺�◇繝�未繧上�縺 。繧�□繧√□繝√◎繝ｼ縺……」

……あれ？

予想外の返答に、俺は少し困惑してしまった。

全く何を喋《しゃべ》っているのか理解できないんだが……もしかして、ハイシルフの通訳スキルにエラーでも生じてしまったのだろうか。

俺はそう思うばかりだったが、意外にもこの言葉にはハイシルフたちが少し怒り気味に反応した。

「こらー！　ちゃんとしゃべりなさーい！」

「でたらめなはつおんをするんじゃなーい！」

……え。もしかして今の言葉……キングトレントの言葉が上手《うま》く通訳されなかったんじゃなくて、キングトレントの方が架空の言語を口にしただけだったのか？

しかし、なぜそんなことを。

「なあヒマリ、今のって……」

「ああ、多分あれ、あわよくば私たちと関わらずに済ませようとして言葉が通じないふりをしてますね」

なるほど、話が通じないフリをして誤魔化せばワンチャン見逃してもらえるとでも考えたわけか。

確かにそう言われてみれば、俺が話しかけた時に一瞬ビクッとしたことも説明がつくな。

いきなり他種族から自分の言語で話しかけられて驚いたものの、すぐに切り替えて逆に自分が別の言語を使っている設定にしようとしたんだと思うと全て辻褄《つじつま》が合う。

初対面からそんなことをされるのは少し残念だが……少なくとも今ので、キングトレントが「俺たちと敵対しない方がいい」と考えていることはほぼ確定した。

やはり「高度な知能＝力の差を鑑みて相手に逆らうか否か判断するだけの理性」という仮説は当たりのようなので、あとは小賢《こざか》しい悪あがきさえ無意味と分からせられれば問題なく交渉に入れそうだな。

というわけで、初手だけほんの少し強硬手段に出させてもらうとしよう。

俺はこの世界に来て以来久々の発動となるあのスキルを実演することにした。

「ナノファイア」

真夜中だというのに、唱えるや否や辺りは一瞬にして真夏の正午のような明るさとなった。

空の彼方《かなた》にまで立ち昇る、青白く輝く直径50センチほどの火柱には若干の懐かしさすら感じる。

「あー、なんだかとっても見たくない光景ですねこれは……」

後ろではヒマリが、空を見上げつつ嫌そうな声でポツリと呟く。

「でもなんか、同じ経験を共有する後輩ができるのは悪くないかもです！」

……っておい。その仲間意識の持ち方はどうなんだ。

などと心の中でツッコんでいる間にも、次第に炎は収まっていった。

「まだ言葉が通じないフリを続けるなら、さっきの炎をお前に当てるぞ」

完全に周囲が暗くなったところで、再度俺はそうキングトレントに話しかけた。

すると——今度はきちんと意味の分かる言葉が返ってきた。

「ひぃっ！　も、申し訳なかったス！　どうかそれだけは！」

顔の前で祈るように枝を組みながら、上ずった声で彼が発したのはそんな懇願の台詞《せりふ》だった。

「あの……一体ワシに何の用でしょうか……？」

「俺はもともと君を討伐するつもりでここに来たんだg——」

「ひぇえっ！　どうかそれだけは勘弁を！」

用件を聞かれたので説明しようとすると、キングトレントは俺の言葉を遮ってまで更に懇願を重ねる怯《おび》えっぷりを見せた。

……ちょっとやり過ぎたか。

ヒマリの初対面の時はここまでじゃなかったと記憶してるんだがな。

よく考えたら可燃物にとっちゃ火に対する恐怖の感受性の強さが一段と上がるのは自然なことだし、脅すにしても使う魔法は別のにしておいてあげた方が良かったかもしれない。

例えば塩化ナトリウムを目の前で錬金して、「言葉が通じないフリを続けるならこれをお前の体内に転送するぞ」……とか。

植物系の魔物が相手なんだし、案外その程度でも十分な効力はあったかもしれないな。

対話可能となったのはいいが、ここまで怯えられると一周回って話が進めづらいぞ。

「最後まで聞けって。討伐ってのはあくまで当初の予定で、今の俺にその気は無い」

「ひぇいっ！　分かりやした！」

「さっきも言った通り、元々の目的は君の討伐だったが、その前に君の能力を鑑定して気が変わったんだ。事と次第によっては君を仲間に迎え入れようと思っているから、いくつか質問に答えてくれないか？」

「質問スね。どうぞ何なりと……」

……よかった。とりあえず落ち着いて受け答えをしてくれるようにはなったし、仲間にしたい旨を伝えても「誰が人間の仲間になど……」的な拒否反応も見られなかった。

ここまで来れば、あとはただの面接みたいなもんだな。

——と、思ったのだが。

「まずは一つ目。君は他の樹木から奪った樹液のうち、使わない分は亜空間に収納しているようだが……奪った樹液と自分自身の樹液は、分けて管理しているのか？」

「そ、それは……えーと……」

一つ目の質問をすると、キングトレントは難しい顔で考え込み始めてしまった。

あー、もしかして、自分自身のこととはいえそこまで詳しいメカニズムは知らない感じか。

しばらく沈黙が続いたが……ここで助け舟を出してくれたのは、またしてもハイシルフたちだった。

「うそはぼくたちにはすぐわかるよー！」

「うそついたら、もやされちゃうよー！」

「ほんとうのこと、こたえたほうがいいよー！」

彼女らはキングトレントにそう助言したのだ。

なるほどな。キングトレント、俺が望む回答を当てに行くために考え込んだのか。

嘘《うそ》でもいいから、俺に燃やされない方の選択肢を選ぼうと思って。

これは……ハイシルフたちがキングトレントの意図に気づいてくれなかったら、危うく偽の情報を掴《つか》まされてできもしない作業を依頼しかねないところだったな。

ハイシルフたちがキングトレントの発言の真贋《しんがん》判定までできるようで助かった。

「……普段はしてないっス。でも、やろうと思えばできるス。今までに取り込んだ分は無理でも、今後新たに取り込む分に限れば」

ハイシルフたちの助言により、キングトレントは意を決して重い口振りながらもそう答えた。

やろうと思えば可能、か。

やらせたいことは「今後植林予定の木の樹液を回収してもらうこと」なので、それであれば全く問題無いな。

「ほんとのこといってるー！」

「これはしんじてだいじょーぶ！」

ハイシルフたちの真贋判定もクリア、と。

じゃ、次の質問といこうか。

「一旦《いったん》亜空間に転送した樹液って、亜空間から取り出すこともできるのか？　たとえばこんな感じで」

ワイバーン周遊カードからフラガリアーアトランティスを一個取り出すのを実演しつつ、俺はそう尋ねた。

「あ、それもできるスよ。なんなら木Aから奪った樹液を木Bに移植、みたいなことも可能っス！」

俺の二つ目の問いに、キングトレントは自信たっぷりな様子で即答した。

えーとその答えは……俺が「病気の弱ってる木に健康な木の樹液を輸液してくれ」みたいな依頼をするとでも思って言ってるのだろうか。

別にそんなことを頼むつもりは無かったんだがな。

まあいつかはその能力を役立ててもらう場面が来ないとも限らないし、一応頭の片隅に残しておくとするか。

それはそれとして、とりあえずそこまで繊細な作業ができるなら「亜空間に貯蔵した樹液を瓶に詰める」くらいのことはお茶の子さいさいだろうし、これで仲間にする価値があることは確定したな。

「ありがとう。それなら、俺がやってもらいたいと思っていたことは問題なくこなしてもらえそうだな」

「良かったっス！」

回答内容が俺の望み通りだったと分かるや否や、キングトレントは心底ホッとしたような表情を見せた。

そして話題は、具体的な業務内容へ。

「で……ワシはどういうことをやればいいんスか？」

「これから楓の林を作るから、そこの木々から健康を害さない程度に樹液を回収してほしいんだ。もちろん、君が生きるのに必要な分は自分のものにしていいからさ」

キングトレントの質問に、俺はざっくりとそう答えた。

「なるほどスね。そういう契約なら、全然問題ないっス。……って、ちょっと待ってくださいよ。今『これから作る』って言いました⁉」

「ああ、そうだが」

「じゃあワシ……楓の木が育つまで食事抜きってことスか⁉」

……あ、そうか。成長促進剤のことを知らなかったら、今の話だと年単位で飯にありつけないのではみたいな解釈になってしまうか。

「すまない、説明が足りてなかったな。確かに楓《かえで》の林は明日以降イチから作るが、完成までにそんなに時間はかからないから安心してくれ。多分、半日もあれば十分成木が生え揃《そろ》うところまでいくんじゃないかな？」

「どういうことっスかそれ⁉　何がどうなったらそんな芸当が可能なんスか！」

俺の植林計画を話すと、キングトレントは目が点になった。

「ちょっと特殊な薬剤を使うのさ。あと、ハイシルフたちにも手伝ってもらう。今ここにいる子たち以外にも、あと百体くらい仲間がいるからな」

「ああ、この妖精《ようせい》さんたちスか。さっきは貴方《あなた》の仲間と知らず、生命力を吸い取ろうとしてすいませんっした！」

「まあまあ、そのことは気にするな。影響が出るようだったら初めからここには連れてきてないからな」

「そう言ってもらえて助かるス。にしても……改めて見ると、この妖精さんたち凄《すご》いっスね。ワシが知ってるのとは格が違うというか」

「えへへ～」

「ほめられた～！」

キングトレントに凄いと言われ、ハイシルフたちは無邪気に喜んだ。

「とにかく、大事なのは俺たちには林を即席で完成させる手段があるということ、そして君が年単位で食事にありつけないなどということは起こらないということだ。具体的な条件も話したことだし……どうだ、仲間になってくれるか？」

「もちろんっス！　まだちょっと、半日で新しい林ができるってのがイメージが湧かないっスけど……さっきの世紀末みたいな炎魔法を使える人とハイクラスな妖精さんたちの言うこととあれば、とりあえず信じてみるっス！」

〈キングトレントをテイムしました〉

承諾の言葉の直後、テイム完了を告げるアナウンスが脳内に響き、キングトレントは正式に仲間となった。

よし、じゃあコイツを連れて帰ろう。

「ヒマリ、ドラゴンの姿に戻ってくれ」

「分かりましたー！」

「君、ヒマリ――このドラゴンの背中に掴まってくれないか？　俺たちの活動場所までこの子に乗って移動するんだ」

「了解ス！」

キングトレント、続いて俺もヒマリの背中に乗ったところで、ヒマリに離陸してもらうことに。

十分ほど飛んでもらうと、俺たちは浮遊大陸のあるところに到着した。

「ちょっと待っててくれ。今、林を作るための土地を作ってくるから」

「え……土地から作るんスか⁉」

「ああ、そうだ」

浮遊大陸に乗ると、俺は離島を一つ作製し、魔力を注いでその面積を取り急ぎ2ヘクタールくらいまで拡大した。

そして降りてから、キングトレントにこう指示を出す。

「君もこの土地に乗ってくれ」

「分かったっス！」

浮遊大陸に乗るや否や、キングトレントは驚いてこう口にした。

「うわぁー！　めちゃくちゃ広いっスね！　まさか中がこうなっているとは……」

「ああ。まだここはただの土地だけど、明日には大量の楓の木が生え揃うことになるはずだ。とりあえず一晩、ここで待機してもらってていいか？」

「分かりやした！」

これでとりあえず今日の作業は終わりっと。

そう思い、離島から降りようとした俺だったが……その直前、背後からこんな声がかかった。

「あの……もし良ければ、ワシにも名前貰《もら》えないっスか？　さっきのドラゴン……ヒマリさんも多分、貴方が名前をつけたんっスよね」

……名前か。確かに、ずっと「君」呼びを続けるのもなんかアレだよな。

ハイシルフみたいに個体数が多すぎて一体一体に名前をつけても識別できないみたいなことも無いんだし、何か新しいのをつけてあげてもいいか。

「じゃあ……『ビット』とかでいいか？」

確かキングトレントの樹液を吸い取るスキルの名前が『P2P樹液共有』だったし、じゃあそれにちなんでP2Pソフトにありがちな名前からとるか、と思い、俺はそう提案してみた。

「ビット！　良い響きっスね！」

どうやら気に入ってもらえたようだ。

「良かった。じゃあビット、また明日な」

「また明日っス！」

挨拶《あいさつ》すると、俺は離島から降りた。

もう夜遅くてだいぶ眠かったので、俺はすぐさまアパートに戻り、眠りについた。

◇◇◇

次の日の朝。

朝食として作り置きの鶏天《とりてん》を食べた後、俺は食パン作りを始めることにした。

今日はこれから植林用の楓を探しに行く予定だが、品種改良するにしろ元から味が良いのを探すにしろ、植林の過程のどこかでメープルシロップの味見をすることになるのはほぼ間違いない。

そのために、メープルシロップをつける対象として、パンを用意しようというわけだ。

今回作るのは、シンプルな米粉パン。

粉末状にしたアミロ17、強度調整用に小麦粉から抽出したグルテン、砂糖、食塩、イースト菌……と必要な材料を揃え、調理に取り掛かった。

材料を混ぜて、こねては「時空調律」で発酵のために寝かせ……を繰り返し生地を作る。

そしたら浮遊大陸の工場に移動して、「特級建築術」で一部を改造してホームベーカリーを作製し、そこに生地を入れて「時空調律」で焼き上がりまで一気に時間を飛ばした。

ホームベーカリーの蓋《ふた》を開けてみると、そこには黄金色の良い焼き色がついた食パンが。

「わああ！　とっても美味《おい》しそうです！」

「今食べるんじゃないぞ。これは楓の樹液の試食に使うんだから」

「えーそうなんですね……早く食べたいです！」

うずうずしてるヒマリに申し訳ないとは思いつつも、一旦焼きたての食パンはアイテムボックスにしまった。

そしたら次は、行き先の森林の選定だな。

「ヒマリ、楓の生えてる森林ってどこか心当たりあるか？」

「そうですね……近場だと、一時間弱くらいで着くところに一か所覚えがありますね。ただマサトさん、多分今の話だと、樹液の味にこだわる感じですよね？」

「ああ、その通りだ。……もしかして、その一時間弱で着く場所に生えてるやつよりもっと美味しい樹液が採れる場所を他に知ってるのか？」

「はい！　ここから七時間ほどにはなるんですけど、おそらくここの森のが味は最高だろうなってところを一か所知ってます！」

ヒマリに聞くと、俺の要望を予測してピッタリな森を提示してくれた。

「七時間……それは自力で飛んだ場合の話か？」

「そうです。なのでバフをかけてもらえばもっと早く着きますね」

「じゃあそっちにしよう」

所要時間も短縮すればそこまで長くは無さそうだったので、まずはヒマリおすすめの森に向かうことに決定だ。

俺たちは工場のある離島からビットが待機している離島に移動した。

「あ、みなさんおはようございますっス！」

「ああ、おはよう。これからここに植える楓の選定に行くんだが……そのためにも、サンプルの樹液の抽出に協力してほしくてな。一緒に来てもらえるか？」

「もちろんっス！」

同行をお願いすると、ビットは快諾してくれた。

「じゃ、ヒマリ……頼んだぞ。定時全能強化」

ドラゴンの姿に戻ってもらっている間に、移動時間短縮のためのバフをかける。

それらが済んだら、背中に乗ってすぐさま出発した。

一時間もかからず、俺たちは目当ての森に到着した。

早速、近くの木からシロップのサンプルを採取してもらうことに。

「ビット、あの木から樹液を抽出してここに出してくれないか？」

俺は一本の木を指しつつ、アイテムボックスから皿を一枚取り出しながらそう指示した。

「了解っス！」

そんな元気のよい返事があってから三秒ほどで、皿の真上からシロップが出現し始めた。

「……よし、そろそろいいぞ」

およそ30シーシーくらいのシロップが皿の上に溜《た》まったところで、俺は抽出を止めてもらった。

本来ならこれを煮詰めるんだろうが、とりあえずは「超級錬金術」で水分を分離する形で糖蜜《とうみつ》としての濃度を上げる。

良い感じの粘度になったところで一旦《いったん》完成だ。

それじゃ味見といこうか。

先ほど作ってきた食パンを取り出し、一口大のサイズに二欠片《かけら》ちぎる。

「これをつけて食べてみよう」

「やったー！　待ってましたー！」

パンの欠片の片方を渡すと、ヒマリはワクワクいっぱいな感じでそれを受け取り、すぐさまメープルシロップをつけて口に運んだ。

続いて俺も同じようにして試食する。

口に入れた瞬間——口全体に、まろやかな甘味が一気に広がった。

「おお、これは……！」

しっかりと甘く、それでいてしつこすぎない自然な味わいに、俺はただただ感動するより他なかった。

前世ではホットケーキミックス付属のそれっぽいケーキシロップしか食べたことが無くて、あの時は全然それで美味しいと思っていたのだが、本物はマジで別格だ。

「うまーい！　フワッフワじゃないですかー！」

ヒマリも大満足のようだが……今欲しいのは食パンの方の感想じゃないんだよな。

まあ、もともとここはヒマリのおすすめの森なので、あとは人間にとっても美味なことさえ分かればそれでオッケーなのだが。

というわけで、離島に植えるのはここの森の楓に決定して良さそうだな。

品種改良の必要性は、少なくとも味の側面では皆無と言えるだろう。

「じゃあ、手分けして挿し芽できそうな枝を集めよう」

「了解です！」

それからしばらくの間、俺たちは枝集めのために森中を奔走した。

十分な量の枝が集まったところで、俺たちは離島に帰還した。


じゃ、次は品種改良だ。

味に関しては申し分なかったこの楓だが……味以外の側面では調整の余地がありそうな所をいく

つか思いついているので、その辺りを試してみよう。

俺はアイテムボックスから枝一本と超魔導計算機を取り出し、枝の遺伝情報をゲノムエディタに取り込んだ。

まず試してみたいのは、一本あたり採取可能なメープルシロップの量の増加だ。

これには二つのやり方がある。

一つは樹液の量そのものを増やすやり方、そしてもう一つは樹液に含まれる蜜の成分の濃度を高めるやり方だ。

それぞれ「樹液分泌量」「樹液糖度」というパラメータがあるようなので、適当にそれぞれ一・五倍とかにしてみる。

手に入る精製物の量としては、これで二・二五倍になる計算だな。

一旦遺伝情報をレンダリングし、ハイシルフに出力した光の球を渡す。

「この情報で品種改良してくれ」

「わかった〜！」

ハイシルフたちは即座に枝の遺伝情報の書き換えに取り掛かった。

「これは……今何をやってるんスか？」

「木の遺伝情報を書き換えてるんだ。より樹液を含む量が多くなるようにな」

「そんなことできるんスね。なんか見るもの全てが衝撃っス……！」

ビットは物珍しそうな様子で、超魔導計算機に目が釘付《くぎづ》けになっていた。

「できたよー！」

そうこうしているうちにも、遺伝情報の書き換えが完了したようだ。

じゃあまずはこの枝を育てて、問題なくメープルシロップが回収できるか試してみよう。

今までの経験則からして、ゲノムエディタで出力した遺伝情報への書き換えで他の側面に悪影響が出たことは無いのだが、とはいえ流石にぶっつけ本番は怖いからな。

一旦この枝を成木まで育てて、思い通りになっていれば残りの枝にも品種改良を施すという手順で行くのだ。

「みんな、恵みの雨雲を頼む。範囲はまずは半径1メートルくらい、そこから徐々に根の張り方とか様子を見て必要に応じて拡大する感じで」

「「「はーい！」」」

枝を地面に挿しながら、ハイシルフたちに指示を出す。

雨が降り始めると、注入口に成長促進剤1A10YNCを投入した。

「ひえぇぇ、本当にびっくりするような成長速度っスね……」

まるでタイムラプスかのようなハイペースで育つ木を見て、ビットは驚き交じりにそう呟《つぶや》いた。

五度ほど紅葉を繰り返すうちに、楓《かえで》の木は俺の背丈よりも高くなった。

うん、育つところまでは問題ないようだ。

あとはメープルシロップの味に変化がないかどうかだな。

「じゃあビット、またさっきみたいに抽出を頼む」

「了解っス！」

森でやった時と同じく、皿に樹液を転送してもらう。

やはり濃度調整をした分、さっきと比べてデフォルトの粘度が少し高いようだ。

「そろそろ一旦止めていいぞ」

「はいっス！」

ある程度の量が集まったら、今度は「超級錬金術」でさっきと同じ感じの粘度になるまで水分を飛ばす。

「よし、じゃあもう一回試食だ」

「おお！　待ってました！」

食パンを取り出して俺とヒマリの分を一欠片ずつちぎり、皿のシロップにつけて口に運ぶ。

「……完璧《かんぺき》だな」

味に変わりはなく、今回も先ほどと同じまろやかな甘味が口全体に広がった。

こうなったら、あとは量産するのみだ。

「みんな、さっきの遺伝情報でこれ全部を書き換えてもらえるか？」

「「「りょーかーい！」」」

残りの枝全部をアイテムボックスから取り出しつつ、ハイシルフたちに依頼する。

ハイシルフたちは手分けして遺伝情報の書き換えに取り掛った。

この遺伝情報の書き換えが完了したら、全部植えて恵みの雨の効果で一気に成長させるわけだが……それをするには、手持ちの成長促進剤では足りないな。
4 0 0 H A 1 Y だと一年成長させるたびにチマチマクールタイムを待たないといけないのが鬱陶《うっとう》しいのでできれば1 A 1 0 Y N C のみで成長させきりたいが、そうなると2ヘクタール全域を五年成長させるだけでも百缶も消費することになる。
手持ちのダビングカードは二百五十枚弱ほどあるのでそれだけで十二年ほど成長させられる計算だが、それで十分な樹齢になるかどうかはかなり怪しい。

遺伝情報の書き換えにもまだまだ時間はかかりそうだし、ちょっくらダンジョンへ補充にでも行くとするか。

「ヒマリ、ダンジョンまで連れてってくれ」

「了解です！」

ダンジョンに着くと、俺は昇降機で百六十階まで直行し、アサシンベアを八体ほど倒して八枚のシュレーディンガーのカードケースを入手した。

この八枚から得られるダビングカードだけでも離島全域の楓を四十年は成長させられる計算なので、流石に不足ということはないだろう。

万が一この世界の楓が前世の楓に比べ著しく成長に時間がかかる植物だったとしても、その時は元々持ってたダビングカードも併せて使えばいい。

俺は再び昇降機に乗り、地上を目指した。

が……昇降機は、なぜか四十八階層で一時停止してしまった。

あれ、おかしいな。

前世のエレベーターなら、他の階で乗ろうとする人がいたので、ボタンを押してもいない階に止まるのは何ら不思議ではないことだったが……俺の記憶が正しければ、四十八階層は俺を除けばまだ前人未到の階層だ。

誰もいない階層で、ひとりでに止まることなんて無いはずなのだが。

実際は誰かが最深攻略階層の新記録樹立に挑戦中でこの階層に人がいるのか、それともまさか昇降機の故障じゃないよな？

などと考えていると、扉が開き——一組の冒険者パーティーが魔物と戦っている光景が目に入った。

よかった、この階層で乗ろうとした人がいたんだな。

故障じゃなかったみたいで何よりだ。

でも——この人たち、どうも新記録樹立のためにこの階層にいるわけじゃなさそうだな。

何とか攻撃を凌《しの》いではいるものの、みんな大慌てで怯《おび》え切った表情で戦っている。

「クソッ、誰だよ！　ボタン押し間違えたの！」

「あと誰よ、百六十階層なんかに昇降機を行かせたの！　冗談で済むイタズラじゃないわ！」

「耐えろ……耐えるんだ、昇降機が戻って来るまで！」

話している内容からして、どうやらこのパーティーは間違えてこの階層で降りてしまって、再び昇降機がこの階層に戻ってくるまでやり過ごそうとしていたところだったようだ。

実際昇降機が着いたのに気づかないあたりからも、いかにギリギリの攻防をしているのかが窺《うかが》える。

ごめん、百六十階層はイタズラじゃなくて、実際に俺が行ってたんだ。

とはいえこの人たちの待ち時間を長引かせてしまったことには変わりないので……この魔物は、代わりに俺が倒してあげるのが筋だろうな。

俺は魔物を一刀両断した。

「あれ……魔物がドロップ品に変わり始めたわ……」

「一体何が起こっている……？」

必死に戦っていた相手が急に倒されたことで、何が起こったか把握できず呆然《ぼうぜん》とする冒険者たち。

「みんな、怪我《けが》はないか？」

声をかけると、ようやく我に返ったようにパーティーの面々はこちらを振り返った。

「ど、どちら様……？」

「もしかして……貴方《あなた》があの魔物を退治してくださったのですか……？」

「ああ、俺が百六十階層まで行ってたことで、昇降機がこの階層に来るまで待たせてしまったみたいだからな。すまないと思って」

ドロップ品の巻物を拾いながら、俺は戦闘に介入した理由を説明した。

「え……百六十階層、実際に行ってらしたの⁉　ふざけてボタンだけ押したのでなくて⁉」

「そんな馬鹿みたいなイタズラするわけないだろ」

「で、でも百六十階層に人が行くだなんてとても信じられないわ……」

「だが……そんな方でもなければ、さっきの魔物の瞬殺具合に説明がつくか？」

「あ、言われてみれば確かに……」

えーと、俺が実際に百六十階層に行ったかの真偽を議論するより前に、怪我とかがなかったかを聞きたいんだが。

「あ！　もしや……あの伝説の『昇降機の創造者様』では？」

「「それだ（わ）！」」

完全に盛り上がってしまったので、質問に答えてもらうのは諦《あきら》めてこちらで診断魔法を使うことにした。

うん、全員特に深刻な負傷はしていないようだ。

ボタンの押し間違いは自己責任とはいえ、間接的にでも俺が他の冒険者の負傷の原因になってしまっていたら後味が悪いところだったので、これだけは確認しておきたかった。

「まあまあ、その辺は措いといて。はい、これドロップ品」

「いえいえいえ、貴方は命の恩人なんですから！　それは自分で貰《もら》ってくださいよ！」

「スキルスクロールだから、鑑定してもらわないことには有用な品かどうかは分からないけどね……」

ドロップ品を返そうとするも、パーティーのみんなに固辞されてしまった。

へえ、これスキルスクロールっていうのか。

名前的に、使用すると新しいスキルが得られるものか何かなのだろうが……俺の場合、人生リスタートパッケージで大概のスキルは揃《そろ》ってしまっているので、被《かぶ》りのスキルの可能性が高そうだな。

でもとりあえず、どんなものかだけは見てみるか。

「鑑定」

●スキルスクロール（カード並列発動）
使用するとカードの効果を同時に複数枚発動できるスキルが得られる巻物。

調べてみると、なんと出てきたのは初耳のスキルだった。

カード並列発動、か。

これは……今の俺にまさにうってつけのカードじゃないか。

これがあれば、八百枚ものダビングカードを一発で成長促進剤に変えてしまえるってことだろ？

だいぶ時短になるので、俺がもらっていいなら自分で使いたいところではあるが……。

「『カード並列発動』ってスキルのスクロールだったんだが、本当に貰っていいのか？」

「え、今調べたの⁉　か、鑑定もできるのね……」

「仮にこれがかの『ラストアトミック・インフェルノ』のスキルスクロールだったとしても、迷わず貰っていただくつもりでしたとも。むしろ何というか、どうぞと言った割には蓋《ふた》を開けてみれば使いどころのなさそうなスクロールで、少しお恥ずかしいですな」

どうやらこのパーティーの人たちにとっては無用の長物のようだ。

では、ありがたくいただくとしよう。

俺はパーティーのみんなと一緒に昇降機に乗り、今度こそ地上を目指した。

「改めて、助けてくださり……って、あれ？」

「ど、どこに行かれたのかしら……お礼に奢《おご》るつもりだったのに……」

昇降機から降りる際、パーティーの面々は再度俺にお礼をしようとしたが、彼らは俺を見つけることができなかった。

彼らには悪いが、前もって昇降機内にいる間に隠形《おんぎょう》スキルで姿を隠したのだ。

女性のパーティーメンバーの人が「奢るつもりだった」と言っていたが……俺がまさに恐れていたのはそれだ。

気持ちはありがたいのだが、タイミング的にも今は冒険者界隈《かいわい》で目立ちたくなかったからな。

四十八階層で鉢合わせてしまった彼らは過ぎたことだしょうがないとしても、これ以上無闇に俺の顔を覚えている冒険者を増やすのは避けたかった。

「ヒマリ、帰るぞ」

「え、マサトさんどこですか？」

「姿は消しているがすぐ隣にいる。上空でドラゴンの姿に戻ってくれたら乗るから浮遊大陸まで運んでくれ」

こうして、予期せぬイベントはあったものの、必要なアイテムの調達を無事に済ませることができた。

「ところで……マサトさん、今回は何の目的でダンジョンに来たんですか？」

「クールタイムのない成長促進剤を大量入手するために、ダビングカードを集めに来た」

「あれ？　でもそれなら、前に確かクールタイムをなくす液を手に入れてたはずでは……」

「……あ」

ヤベ。そういえば完全にド忘れしてたぞ、クールタイムスキッパーの存在を。

じゃあ今日の探索いらなかったじゃないか。

あ、でもクールタイムスキッパーをひたすらダビングするのもそれはそれで手間だったし、その手間すらも省けるようになったって意味じゃ完全に無駄ではなかったか。

うんうん、そういうことで納得しておこう。

どうせ遺伝情報の書き換えが終わるまで暇だったし。

帰ったら、あとは仕上げの段階、挿し木と成長促進をさせるだけだな。


浮遊大陸の離島に着いてみると、ハイシルフたちは既に全ての枝の遺伝情報の書き換えを終えていた。

「「「おかえり～！」」」

「ああ、ただいま。みんなありがとうな」

「「「えへへ～」」」

お礼を言うと、ハイシルフたちは嬉《うれ》しそうに満面の笑みを浮かべた。

まずはこの枝を全部、離島全体に等間隔に植えるところからだな。

俺は枝を抱えられるだけ抱えると、「良い感じに刺されれ」と念じながら天高く放り投げた。

「な、何してるんスか⁉」

すると……初めてこれを見たビットには俺の行動が奇妙に映ったのだろう。

放物線を描く枝を見上げながら、彼はびっくりしたようにそう口にした。

「まあ見てなって」

「って……な、何スかこ、これは！　全部綺麗《きれい》に刺さってる……」

「俺は何かを植える時、こういうやり方をするんだよ」

「どんなコントロール力してたらこうなるんスか……」

口をあんぐりと開けたまま呆然と固まるビットは一旦《いったん》措いておいて、第二陣、第三陣と枝を抱えては投げていく。

程なくして、俺は全ての枝を離島全体に均等に植え終えることができた。

次はカード開封だ。

俺は「乱数調整」を用いながら、シュレーディンガーのカードケースを開封していった。

無事全部ダビングカードとして開封できたところで、「カード並列発動」のスキルスクロールを使ってみることに。

クールタイムスキッパーを並列ダビングした方が消費枚数は少なくて済むが、並列発動枚数に上限があるのかとかも知っておきたいし、検証も兼ねて今回は予定通り1A10YNCをダビングする方向性で行こう。

巻物を開くと「ここに魔力を流す←」という指示と魔法陣が描かれてあったので、俺は魔法陣を指で押さえながら、土地拡張の時と同じ要領で魔力を流していった。

数秒後。

〈スキル「カード並列発動」を獲得しました〉

そんな脳内アナウンスが流れ、ちゃんとスキルを習得できたことが告げられた。

これでカードを一挙に成長促進剤に変えられるようになった、と。

今のカードを百枚ずつ重ねて置いてる状態じゃダビングによってとんでもない高さまで缶が積みあがってしまいそうだから、一枚一枚重ならないように並べてからやってみるとするか。

俺はカードを放り投げて縦二十枚×横四十枚で等間隔に並べてから、スキル名を詠唱した。

「カード並列発動」

すると……まばたきした次の瞬間には、全てのダビングカードが成長促進剤1A10YNCに変《へん》貌《ぼう》していた。

「おお……」

こうなるのは分かりきっていたが、実際目の当たりにすると圧巻だな。

しかもめちゃくちゃ便利。

一回体感しちゃうと、もう前のちまちま一個ずつダビングする方法には戻れないな。

あとはこれを、全部恵みの雨雲に投入しなくちゃいけないわけだが……どうするか。

注入口は一つしかないし、一旦デカいタンクにでも全部の缶の中身を移して、そこから注ぐとするか？

それも面倒だが、何か良い方法はないか。

などと悩んでいると、ハイシルフがこう尋ねてきた。

「これ、ぜんぶくもにいれるのー？」

「ああ、そうだ」

「わかったー！　じゃあ、いれるばしょをたくさんにするねー！」

「ぼくたちもいれるのてつだうよー！」

って……注入口、複数個にもできるのか。

それで手分けして缶の中身を入れてもらえるなら、これまただいぶ手間が省けるぞ。

「ありがとう。じゃあ、その方法で頼む」

「「「りょーかーい！」」」

ハイシルフたちが祈りを捧《ささ》げると、離島の上空全体にいつもの雨雲が広がった。

が、いつもの光景に見えたのは、雲の下面だけだった。

成長促進剤の缶を二個抱えて雲の上まで飛んでみると……そこに広がっていたのは、夥《おびただ》しい数の注入口が等間隔に並んでいる光景だった。

「もってきたよー！」

「これをいれればいいんだねー！」

ハイシルフたちも続々と、一体あたり二缶ずつ抱えて雲の上までやってくる。

俺たちはそれぞれ、自分の近くの注入口から缶の中身の液体を入れていった。

缶が空っぽになったら一旦地上に降り、次の缶を抱えてまた注入口に注ぎにくる。

その作業を四回繰り返すと、缶は全て空っぽになり、今しがたダビングした成長促進剤1A10
YNCの薬液が全て雲の中に入った。

「よし、じゃあ降雨させてくれ」

「「「りょーかーい！」」」

雨が降り始めると……猛烈な勢いで周囲の木々が成長し始めた。

「わ、わわわ……何スかこれ……！　まるで夢みたいスわ……！」

異様な光景に、ビットはただただ周囲をキョロキョロと窺《うかが》う。

そういえば……ビットって、成長促進剤が身体に影響を及ぼしたりしないんだろうか。

魔物とはいえ一応植物なので、同じく成長が促進されてもおかしくはない気がするが。

「ビット、この雨で身体に何か起こったりする感覚はあるか？」

「いや、無いスね。一応根から水を吸うことはできるんスけど、なんかこの得体の知れない雨は吸いたくないっスわ……」

自分の意思で取り込まないようにしてるだけかい。

別にそんな、不気味がるものでもないのだが。

まあでもビットが吸わなければその分楓《かえで》の取り分は多くなるわけだし、別にビット自身にとっても成長促進剤を取り込むメリットがそこまであるかといえば無いだろうから、無理に吸えよと言うつもりはないがな。

などと考えているうちにも、注入した成長促進剤は全て降らしきれたようで、雨が止《や》むとともに雨雲は去っていった。

そして離島はといえば……まるで遥《はる》か昔から存在したのかと思うくらい、高くて太い木だらけの立派な林と化していた。

「完成だ」

「うおおおお……この木の樹液、吸っていけばいいんスか？」

「ああ。自分が生命力を維持するのに必要な分だけは、自分で消費していいぞ。それ以上の分は俺が使いたいから、回収してもらった後で貰《もら》うがな」

「承知したっス！　じゃ、始めますね！」

「くれぐれも、一本あたり回収する量は木の生命維持に差し支えない量にしてくれよ」

「もちろん分かってるっス！」

俺が指示を出すと、ビットは早速樹液の回収に動き出した。

あとは、回収してもらったものを濃縮すれば大量のメープルシロップが完成するわけだが……本格的な大量生産となると、さっきまでみたいな実験的製法ではなく工業的に製造できる体制を作っておきたいな。

というわけで、ビットが樹液の回収に専念している間に、俺は工場の方を増築するとしよう。

別の離島にある工場に着くと、早速俺は増築に取り掛かった。

「特級建築術」

そう唱えると……今まで屋上だった部分の上に、新たな階ができ始めた。

しばらくすると増築部分が完成したので、一旦中を内見してみることに。

うん、樹液の原液を投入する部分から完成したシロップを瓶に詰める部分まで、問題なく全てイメージ通りにできているな。

じゃ、次は容器を作っておこう。

また別の、普段ガラス瓶やプラスチックボトルを作るために使っている離島に移動し、少し魔力を注いで土地の体積を復活させてから、容器の錬成に入る。

メープルシロップといったら大体ガラス瓶に入ってるので、今回もそうするとしよう。

「超級錬金術」

そう唱え、しばらく待つと、山のような量のガラス容器が完成した。

ちょっといつもと違うのは、形状を楓の葉っぱ風にしたことだ。

本格的なメープルシロップの容器といえば、やっぱりこれが代表的だからな。

一旦ガラス瓶の山をアイテムボックスにしまうと、先ほど増築した部分に戻り、そこで瓶を取り出して充填《じゅうてん》ラインにセットした。

これにて下準備完了。

ビットの様子を見に戻るとしよう。

楓の林の上を少し旋回しているとビットの姿を見つけたので、近くに降り立って進捗《しんちょく》を聞いてみる。

「進み具合はどうだ？」

「できたっス！」

どうやらビットはもう樹液の回収を終えていたようだ。

そういえば、キングトレントの樹液転送可能範囲は確か半径60メートルだったか。

そんだけあれば確かに、この規模の林から樹液を回収するのなんて一瞬でできるよな。

これを人力で回収しようと思えば相当な手間がかかっていただろうし、ほんとビットさまさまだな。

「集めた樹液は、どうやって渡せばいいスか？」

「そのための場所を、ビットが樹液を集めてくれている間に作っていたんだ。ついてきてくれ」

俺はビットを連れ、作りたての工場十三階へ移動した。

「ほあ〜、なんかすごいメタリックな空間スね……」

「これは工場って言うんだ。ここで樹液を煮詰め、さっきのシロップを作るのさ」

「はええ〜」

初めて見る空間に興味津々な様子のビット。

俺は樹液の投入口を指し、こう指示した。

「ここに樹液を入れてくれ」

「あ、了解っス！」

指示すると、投入口の真上の空間が歪《ゆが》み始め、そこからドバドバと樹液が流れていった。

「これ……全部入るんスか？」

「その点は安心してくれ。一時貯蔵タンクを亜空間化してあるから、どんなに大量だったとしても溢《あふ》れ出すことはない」

「オッケーっス！」

溢れ出す心配が無いと聞いて、ビットは更に流量を増大させた。

「ちなみに……自分用に残しとく樹液の量を決めるためにも聞いておきたいんスけど、樹液回収のスパンってどのくらいを想定してるっスか？」

その状態のまま、ビットは俺にそんな質問を投げかけてくる。

うーん、そうだな。

あまり考えていなかったぞ。

いくらダビング効率が上がったからと言って、毎日回収するのはやり過ぎな気がする。

そんなにハイペースで作っても、供給に需要が追いつかなくてただただ在庫が余っていくこととなってしまうだろう。

かと言って、「今後は自然にできるペースで一年に一回！」とかではビットがかわいそうだ。

というわけで、ここは折衷案として……。

「八日に一回とかでどうだ？」

俺はそう提案してみた。

なぜこの提案にしたかというと、成長促進剤400HA1Yのクールタイムが七日だからだ。

開封の手間こそ軽くなったとはいえ、1A10YNCやクールタイムスキッパーが必要なスパンで成長を促進させるとなると、在庫がある今はよくてもいずれはそこそこ頻繁にダンジョンにシュレーディンガーのカードケースを取りに行く必要が出てくるだろうからな。

400HA1Yだけでやっていけると楽なことに変わりはないのだ。

そういう事情なので、ビットがより長い周期を希望する分には俺としては何ら問題ないところだ。

「そんな頻繁にやらせてもらっていいんスか⁉」

「ああ。あの雨があれば、実質一年をそのスパンで経過させるのは容易《たやす》いからな。逆に聞くが、流石にハイペースすぎたりするか？」

「いえいえ滅相もないっス！　たくさん吸えて感謝っス！」

ビットの希望とも一致したし、スパンは八日に一回で決定だな。

そしてこんな話をしている間にも、回収した樹液の投入が終わったようだ。

それじゃ、工場を稼働させよう。

起動ボタンを押すと……充填ラインが動き始め、瓶へのメープルシロップの充填が始まった。

「よし、上手くいったみたいだな」

その様子を見て、俺は一言そう呟《つぶや》いた。

実は今回の工場増築では、今までにはない工夫を一つ施していた。

それは、時間のかかる工程——今回で言うと煮詰める工程がそれにあたる——の短縮だ。

実は「亜空間化」には空間拡張の他にもう一つ性質があった。

それは、亜空間化した空間の時間の流れを外部と独立させることができるというものだ。

今回の増築では、煮詰める機械を亜空間の中に設置し、亜空間内の時間の経過を通常より早くすることで、外からは煮詰める工程が一瞬で終わるように感じるような設計にした。

そのため今回は「時空調律」すら使うことなく、先ほど投入したばかりの原液が一瞬にして濃縮され、このスピード感で充填にまで至っているのである。

「ほえ〜、めっちゃ濃い樹液がどんどん出来上がってるスねー」

「……吸うなよ？」

「それはないっス。この粘度の液体が体内に入ったら体悪くなるっス」

それもそうか。

ビットにとっちゃ、樹液は血液みたいなもんだもんな。

こんなものが体内に入っては、ビットにとっちゃ動脈硬化ならぬ維管束硬化のもとってか。

充填が終わるまではしばらくかかりそうなので、俺は一旦《いったん》アパートに戻り、早めの昼寝を取ることにした。

目が覚めて再び工場に足を運ぶと充填作業が終わっていたので、出来上がったメープルシロップ入りの瓶をアイテムボックスにしまうと「２７０３８本」と表示された。

一瓶1リットルのサイズで作ったので、総量は27038リットルか。

三十八本は店用あるいは私用とするとして、二万七千本は農業ギルドにでも納品するとするか。

そう決めた俺は二万七千本をワイバーン周遊カードに詰め直し、農業ギルドに向かった。


農業ギルドの建物に入ると、今日もまたキャロルさんがいつものにこやかな感じで出迎えてくれた。

「あ、マサト様じゃないですか。お待ちしておりましたよ！」

すぐさま俺は、いつもの個室に通される。

席に座ると、俺は今日の納品物を見せるべく、ポケットからメープルシロップ入りのワイバーン周遊カードを取り出そうとした。

が、その前にキャロルさんから一個、質問が飛んできた。

「で……トレントはどうなりました？　やっぱりマサト様の手にかかればイチコロでしたか？」

そういえば、メープルシロップのことばかり考えていてすっかり忘れていたが……確かにトレント、もともとは討伐対象なんだったな。

まずはそこらへんの顚末《てんまつ》から話すか。

「ああ、例のトレントなら今、林の管理人として役に立ってるぞ」

「やはり楽勝でしたk――って、え⁉　今なんとおっしゃいました⁉」

「楽勝とか一言も言ってないぞ。今は俺の役に立ってるって言ったんだ」

「や、役に立ってる……？　あの、それってどういう意味ですか……？」

現状を話すと、キャロルさんは一度驚いた後困惑気味にそう尋ねてきた。

「例のトレント、手懐《てなず》けて仲間にしたんだ。倒す前に鑑定で調べてみたら、高い知能を持っていることと樹液を亜空間に貯蔵する能力を持っていることが発覚したからな。話の通じる相手だったんで、生きるのに必要な量の樹液を吸うのを許可する代わりに、俺が管理する林の木から樹液を抽出する仕事を任せる契約を結んだんだ」

「話の通じる相手って……。マサト様って、魔物の言語が分かるんですか？」

「あーその……」

経緯を詳細に話すとどうやって意思疎通したかの話になってしまい、俺は一瞬答えに詰まった。

自動言語通訳の話をすると、同時にハイシルフのことも話すことになってしまうからな。

あーでも……冷静に考えて、今さらハイシルフのことをキャロルさんに隠す必要ってあるだろうか？

もはやここまでの信頼関係が構築できていれば、今さらそこだけ濁す意味も無い気がしてきたぞ。

「通訳してもらったんだ。仲間のハイシルフにな」

「なるほど、通訳ですか。してその……ハイシルフというのは？」

「ドライアドの上位種——二段階進化した姿だ」

「へえ〜。ドライアドって、進化とかするんですね！」

正直に話してみると……意外にも、キャロルさんの反応は薄かった。

「あれ、驚かないのか？　ドライアドなんて御伽噺《おとぎばなし》の存在だって前言ってたのに……」

「マサト様の存在の方がよっぽど御伽噺ですから。今さら『実はドライアドを仲間にしていた』くらいじゃ驚きませんよ！　てか正直、お恥ずかしながら脳内で現実と空想がごっちゃになってて、ここ最近はマサト様にドライアドが味方してる前提で物事を考えちゃってました！」

おい、どういうことだそりゃ。

俺の存在の方がよっぽど御伽噺って何だよ。

と、心の中でツッコむ間すらなく、キャロルさんからは次の質問が飛んできた。

「しかし……だからってなんでトレントを味方にしようってなったんですか？　林を管理しているのはいいとして……樹液を抽出させるって、いったいどんな目的で？」

色々と話は脱線したが、この問いは話を本題に戻すチャンスだな。

「これを作るためだ。普通に採取するより効率が良いんだ」

俺はポケットからワイバーン周遊カードを取り出し、次いでアイテムボックスからメープルシロップの瓶を一本取り出した。

「こ、これは……まさかメープルシロップ？」

「ああ、そうだ。カード内にはこれと同じのが二万七千本入っている」

「ほわぁ……凄《すご》く綺麗《きれい》ですね……。見ただけで質の高さが窺《うかが》えます！」

キャロルさんは瓶を手に取ると、窓からの光に透かしながらまじまじと中身を見つめた。

「なるほど、確かに納得です。木に傷をつけてちょろちょろ流れてくるのを集めるよりは、トレントの能力で回収した方が早いでしょうねこれは……」

「そうなんだ。驚くくらい一瞬だったぞ」

「というかマサト様って、硝子《ガラス》細工さえも天才だったんですね。この楓《かえで》の葉の形作るの大変だったでしょう？」

「いや、そうでもなかったが……」

大変も何も、「超級錬金術」って唱えただけなんだよな、俺からしたら。

だから硝子細工の天才かどうかは……どうなんだろ。

この瓶と同等のクオリティでよければＤＥＸ《器用》任せに息を吹けば普通の硝子細工の作り方で再現できる気もしなくはないが、実際のところはどうなんだろう？

ま、別にそこはどっちでもいいのだが。

「で……まあ容器の形状の話は一旦措いとくとして。どうだ、良かったら味見するか？」

「それは是非！　あ、あと鑑定士さん呼んできますね！」

キャロルさんは一旦小走りで部屋から出ていった。

アイテムボックスから食パンとお皿を二枚取り出し、切り分けて待っていると、キャロルさんが鑑定士を連れて戻ってきた。

「お待たせしました……おお、美味しそうなパンですね！」

「ああ、これに各自好きな量シロップをかけて食べてみてくれ」

「ありがとうございます。いただきます！」

「儂《わし》もちょいと失礼するぞ」

各々食パンにメープルシロップをかけると、まずは一口、ゆっくりと齧《かじ》りついた。

「おお、程よい甘さが口に広がりますね……！」

「パン屋さん以外でできたてのパンを食べるのは初めてじゃわい」

二人ともそれぞれ、思い思いの感想を口にした。

そういえば……これも鑑定の対象なのか。

すっかりそんなこと頭から抜けていたな。

これから鑑定士が見てくれるんだろうが、自分でも一応チェックするか。

……嫌な予感がしてきたぞ。

楓を品種改良しているせいで、例のいらない枕詞《まくらことば》がついてしまっている気がする。

が、やるしかない。

「鑑定」

●アケルミーシロップ
類まれなる能力を持つ究極の農家・新堂将人《まさと》がハイシルフと共同開発した楓から採れるメープルシロップ。

オリハルコンが人体に吸収できるミネラルの形で入っているため、錬金術師が摂取すると錬金術の技量が上がる。

もちろん、味も最高品質。


調べてみると……やっぱり悪い予感は的中していた。

ご丁寧に「シルフと共同開発した」の部分は「ハイシルフと共同開発した」に変わってるんだな、今までのとは違って。

にしても、これまただいぶ異色の効能が付随してるな……。

オリハルコンって、ミネラルとかになるもんなのか。

塩化オリハルコンみたいな？

確かにメープルシロップは前世でもミネラルを多く含む食材として有名ではあったが……ここまで変わったミネラルが入ってるのは想定外だったな。

あと地味に名前、何だ「アケルミー」って。

楓の学名「アケル」と錬金術を意味する「アルケミー」をかけましたってか？

「ほほう、これは……錬金術師に高く売れそうじゃな」

「それもいいが、普通に調味料としても流通させてくれよ？　流通量はいくらでもこっちでコントロールできるからさ」

「もちろん、マサト様がお望みならそのように販売します！」

二人の試食と鑑定が済むと、俺たちは個室を出ることとなった。

帰り際、俺は何種類かのスパイスの種を少量ずつ購入し、それから農業ギルドの建物を後にした。

「またのお越しをお待ちしておりまーす！」

「ああ、またな」

お見送りに手を振り返しながら、「飛行」スキルで空に浮かぶ。

そのまま俺は一直線に浮遊大陸がある場所に戻った。


浮遊大陸にて。

俺は先ほど購入した各種スパイスの種を地面に撒《ま》き、ハイシルフたちにこうお願いした。

「このエリアにだけ雨を降らせてもらえないか？」

「「「りょーかーい！」」」

恵みの雨雲が出現すると、成長促進剤４００ＨＡ１Ｙを微量だけ注入する。

雨が降り始めると、各種スパイスの茎がグングンと伸び始め、やがて花を咲かせだした。

なぜ急にスパイスなんかを育てだしたかというと、せっかくメープルシロップが手に入ったので、それを活かして少し豪華な晩飯を作りたいと思ったからだ。

メープルシロップといえばパンケーキ。

パンケーキといえば、セットで目玉焼きとグリルベーコンは付き物だ。

この中で、パンケーキと目玉焼きは今手持ちの食材を使えばすぐにでも作ることができる。

しかしベーコンだけは、今持ち合わせがない。

とはいえ、俺には黒八戒《くろはっかい》という最高の肉質の豚肉が取れる豚がいる。

となれば、一からベーコンを作らない手はないだろう。

そしてベーコン作りには、下味を付ける工程でスパイスが必要だ。

そんなわけで、俺は下味の液用に何種類ものスパイスの種を買ってきたというわけである。

あっという間に実が取れるところまで成長したので、それぞれのスパイスを収穫。

これでベーコンの材料は全て揃《そろ》った。

あとは燻製《くんせい》用のスモークチップさえあれば、今すぐにでもベーコン作りに取り掛かることができる。

さて、問題はじゃあ何の木のチップを使って燻製をやるかだが……何が良いんだろうな。

「なあ、豚肉で燻製とか作るなら何の木がいいと思う？」

自分でも考えを巡らせつつ、ハイシルフたちにも意見を募ってみる。

すると、斜め上の回答が返ってきた。

「せかいじゅ、あといちねんでせんていのじきだよー！」

「いらないえだとかつかえるよー！」

うおおそれはまさかのチョイス。

世界樹の枝ってそんなことに使っていいんだな……。

しかしそれ、どんな味になるのか全く以て分かんないぞ。

……でもよく考えたら、前世でも自分で燻製を作った経験はないのだから、どの木のチップを使うとどんな味になるかが未知数なのは全部一緒か。

ここは一つ、ハイシルフたちの案に乗っかってみたほうが良いかもしれないな。

というわけで、早速俺たちは世界樹のところへ移動した。

「剪定《せんてい》の時期は一年後なんだな？」

「そーだよー！」

「あまぐも、よういするねー」

俺が指示するよりも先に、ハイシルフたちは「一年後」と聞いて察してか、雨雲を世界樹の真上に用意してくれた。

その雲に、これまた微量の成長促進剤４００ＨＡ１Ｙを注入する。

「そろそろせんていのじきだー！」

「きったほうがいいえだ、いっぱいだねー！」

世界樹の成木に今さら一年分追加で成長促進を加えても、見た目には何も変化などないように見えるが……ハイシルフたちにはどの枝が必要でどの枝が不要か手に取るように分かるようで、口々にそんなことを言いだした。

雨が止んだところで、俺はハイシルフたちにどの枝を切るべきかを教えてもらうことに。

「どれを切ればいいんだ？」

「「「ここだよー！」」」

俺が質問すると、ハイシルフたちはそれぞれバラバラに切るべき枝の位置へと移動した。

結構数が多いな。

普通に剪定ばさみで切ってたらかなり時間がかかりそうだぞ。

しばらくどうしようか悩んだが、俺は一つ名案を思いついた。

この枝……別に全部一撃で切ってしまえばいいか。

「超級錬金術」

俺はブーメランを錬金した。

そう。俺のDEXなら、ブーメランが切るべき枝だけをピンポイントで切断するような軌道で飛んで戻ってくる、みたいな投げ方もできるんじゃないかと思ったのである。

ブーメランを手に持ち、しばらくハイシルフたちのいる枝の位置をしっかりと目に焼き付けた後、俺はみんなにこう指示を出した。

「位置は分かった、危ないから少し下がっといてくれ」

ハイシルフたちが枝から遠ざかったところで……いざブーメラン投擲《とうてき》。

投げると……ブーメランは見たこともないような軌道で縦横無尽に動きながら、狙った場所を全て通過してから手元に戻ってきた。

「すごーい！」

「いっぱつで、せんていがおわったー！」

ハイシルフたちもべた褒めで拍手してくれているので、おそらく完全に狙い通りに切るべき枝だけを切ることができたのだろう。

彼女らは切り落とされて落ち行く枝を器用にキャッチすると、俺のもとまで持ってきてくれた。

「「「はいこれー！」」」

「ありがとうな。超級錬金術」

俺はハイシルフたちから枝を受け取ると、抱えたままそう唱えて枝の水分を完全に飛ばした。

これを細かく砕けばチップが完成するわけだが……それも同じ方法でやっちゃうか。

俺は枝を天高く放り投げ、続けてもう一度ブーメランを放った。

するとブーメランは、これまた意味不明な軌道を描きながら全部の枝を細かく刻んでくれた。

「結界」

チップと化し、落ちてきた枝を対物理結界で受け止めて回収する。

いい方法を思いついたおかげで、こうして俺は簡単にスモークチップを調達することができた。


じゃ、いよいよベーコン作りに入ろう。

スモークチップをアイテムボックスにしまうと、俺は店の厨房《ちゅうぼう》に向かった。

まだ開店準備の時間でもないので、厨房には人っ子一人いない。

広々とした調理台の上に、アイテムボックスに収納してあったいくつもの豚バラブロックを取り出すと、俺はどれがベーコン作りに一番適しているかを吟味し始めた。

やっぱりベーコンは、赤身と脂肪が綺麗《きれい》に交互に重なってるやつで作りたいよな。

「……これが良さそうかな？」

一番バランスが良さそうなバラ肉を手に取って、残りをアイテムボックスにしまう。

ここからようやく調理開始だ。

調理台に残したバラ肉の各面に塩をすり込んだら、吸水性の良い紙で包み、「時空調律」で時間を二十四時間飛ばして脱水させた。

次は味を染み込ませる工程。

俺は鍋《なべ》に水、塩、砂糖、そしてつい先ほど収穫した各種スパイスを入れると、中火で鍋を一煮立ちさせた。

「みんな、一瞬だけＩＮＴ《魔技》のシンクロ率をゼロにしてくれ」

「はーい！」

「ナノフロスト」

威力を極限まで落とした氷結魔法でちゃちゃっと粗熱を取ったら、茶こしで固形物を取り除き、漬け込み用の液の完成だ。

その液の中に先ほど脱水したバラ肉を漬けると、これまた「時空調律」で一気に時間を飛ばし、味を芯《しん》まで染み込ませた。

このままでは塩辛すぎるので、塩抜きをして味を調整しよう。

「超級錬金術」

様子を見つつ少し塩分を除去しては、端っこを切り取って口に入れ、味を確かめる。

「……まだだな」

以前、ペガサスの遺伝子を組み込んで菌や寄生虫を寄せ付けなくする『ペガサスアペンド』という品種改良をやったおかげで生でも安全に試食できるので、試食用を都度焼く手間がなくていいな。

などと思いつつ、俺は肉を理想の塩分濃度に近づけていった。

良い具合になったら、今度は水分を飛ばすためにもう一回「超級錬金術」を発動し、肉を乾燥させる。

これでやっと、燻製の前の準備段階が全て完了だ。

「特級建築術」

亜空間を少し広げ、できたスペースにスモーカーを増築する。

下段にスモークチップ、中段にバラ肉を置くと、扉を閉じてスモーカーのスイッチを押した。

火力を調節しながら、「時空調律」も併用して時短も図りつつ、正味三時間分肉を燻製する。

庫内温度が下がったら扉を開け、肉を取り出した。

「おお……！」

こんがりとついた焼き目に、俺は自分の食欲が一気に増すのを感じた。

早速、端っこを少しスライスしてみる。

すると……ほんのりピンクなベーコンらしい色の断面が姿を現した。

大成功だな。

これをカリカリに焼き上げて、パンケーキに添えれば……想像しただけでテンション爆上がりだぞ。

更に数枚、ベーコンを薄くスライスしていると……ドアがガチャリと開く音が聞こえた。

「さてと、今日の食材の仕込みを……って、え、マサトさん⁉」

厨房に入ってきたのはミスティナだった。

どうやらもう開店準備の時間のようだ。

「ああ、お疲れ様」

「いったい何をしていたんですか？」

「ちょっとベーコンを作りたくてな。今の時間なら誰も使わないしと思って、設備の充実してるここで作業してたんだ」

スライスしたベーコンを一枚手に取ってヒラヒラさせつつ、俺は今やっていたことを説明した。

「おお、凄《すご》いですね。ここまで一目見ただけで上質さが分かるベーコンは初めてですよ」

「そんなにか。そりゃ良かった」

「でもまた何で急にベーコンを？」

「ほら、昨日さ……トレントの討伐に行くって話したろ。で、実際行ったんだけど、結局討伐はせずに仲間にすることにしたんだ。樹液を回収して回る仕事を頼めそうだって分かって、メープルシロップの生産に役に立ちそうだと思ったからな」

「え、あ、そうなんですか」

「今朝はそいつと共にメープルシロップ作りに励んでた。で、うまくできたから今晩はパンケーキを夕食にしたいと思ったんだが……パンケーキには目玉焼きとカリカリベーコンが付き物だろ？だから今ベーコンを作ってた」

「な、なるほど……。ベーコン、主役かと思ったら添え物なんですね……！」

そんな会話をしつつ、俺はアイテムボックスからメープルシロップの瓶を一本取り出した。

「というわけで……これから開店準備をしようってタイミングですまないが、パンケーキと目玉焼き、そしてベーコンを焼いてもらってもいいか？　『時空調律』で飛ばせる工程とか、俺にもできる範疇《はんちゅう》で下準備とか手伝うからさ」

「もちろんオッケーです！　ていうか、別に手伝いとかしていただかなくて大丈夫ですよ。ただでさえ、先日の設備刷新で作業効率が各段に上がってますから！」

ミスティナはそう言って、近くのオーブンレンジを指差した。

そのオーブンレンジは、三日前に俺が庫内を亜空間化し、内部空間の時間の流れをボタンで変更できる機能をつけたばかりのものだ。

実は俺、亜空間の時間軸独立の性質を発見した日、何かしら役に立つかもと思って厨房の設備の機能更新を行っていたんだが……しっかり役に立ってるみたいで何よりだ。

「じゃ、始めますね～」

そう言ってミスティナは、俺がスライスしたベーコンを持ってグリルコンロに向かった。

グリル内にベーコンを並べると、火力を弱火に設定し、時間経過速度変化のつまみを回す。

「3……2……1……はいストップ！」

ミスティナはベストタイミングを見極めてつまみを戻し、火を止めてグリルを開けた。

「こんな焼き具合ですけど……どうです？」

「最高だな」

見ただけでカリカリの食感がありありと想像できる焼き目のついたベーコンを、ミスティナは状態保存のため一旦《いったん》ワイバーン周遊カードにしまった。

そして次はパンケーキを作るため、小麦粉、砂糖、塩、卵、牛乳などの材料を量り取っていく。

その様子を見て……ふと俺は、大事なことに気がついた。

そうだ。ミックス粉から作るんじゃないってことは、ベーキングパウダーが必要だぞ。

「超級錬金術」

確かベーキングパウダーは、重曹と重酒石酸カリウム、そしてデンプンなどの混合物だったか。

それぞれの比率がどうとかまでは覚えていないが、良い感じに膨らし粉として最適な働きをする比率になってくれと念じながら、俺はそう唱えてベーキングパウダーを錬成した。

「この粉も一緒に使ってくれ」

「何ですか、これは？」

「生地が膨らみやすくなる粉だ。俺の故郷ではベーキングパウダーと呼ばれていた。きっとパンケーキの生地をフワフワにするのに役立つと思う」

「そんな粉があるんですね！　ぜひ使わせてください！」

新しい材料に興味津々なのか、ミスティナは目をキラキラと輝かせながらベーキングパウダーを受け取った。

そして手際よく材料を混ぜ合わせて生地を作り、フライパンで焼いていく。

いよいよ一枚目が焼けるかという頃――またしても、厨房のドアがガチャリと開く音が聞こえた。

「お疲れ様です～。あ、マサトさんもいたんですね！」

「「「おつかれさま～！」」」

ヒマリと調理担当のハイシルフたちがやってきた音だったようだ。

「おお、ちょうどいいタイミングだな。もうすぐパンケーキが焼けるぞ」

「おお！　とても美味しそうです！」

「今朝作ったメープルシロップをつけて食べようぜ」

「それは最高ですね！」

そういえば、食後のデザートもあった方がいいかもな。

俺はアイテムボックスから何個かフラガリアーアトランティスの実を取り出し、ヘタを取っていった。

そうこうしているうちにも、メインディッシュが完成したようだ。

「できましたー！」

そう言ってミスティナは、六枚ものパンケーキが重なった上に目玉焼きとカリカリベーコンがトッピングされた皿を三皿テーブルに並べた。

それじゃ、パンケーキにメープルシロップをかけてっと。

「「「いただきます！」」」

挨拶《あいさつ》の後に、俺はまずパンケーキを一切れ口に運んだ。

すると——口の中に、フワフワな食感と程よい甘さのハーモニーが広がった。

「これは……！」

前世でホットケーキミックスを使って作ってたのとは、圧倒的に質が違う。

筆舌に尽くしがたい美味しさに、ただただ俺はゆっくりと噛《か》みしめて味わうことしかできなくなっていた。

混合比率も分からないままやっつけで錬金したベーキングパウダーだったが、それも良い感じに作用してくれたみたいだな。

お次はベーコンっと。

「……うん、美味《うま》い」

噛めば噛むほど、口の中にじわじわと広がり続ける程よい塩味と濃縮された旨味《うまみ》。

パンケーキの甘さとベーコンの塩味のコントラストは、まさに「最高」以外の言葉では言い表せないものだった。

「うんみゃ〜い！　今回もどれも最高です！」

「そうか、それは良かった」

「あの樹液をパンにつけて試食した時から、またあの味が欲しいってずっと思ってたんですよ……！こんな素晴らしいものを用意してくれてありがとうございます……！」

ヒマリもいたく気に入ってくれたようだ。

「それにしても、マサトさんが先ほど錬金した粉、凄いですね。ここまでの膨らみ具合は……まさに世紀の大発明ですよ」

「それほどか？」

ミスティナは相変わらず流石料理人って感じの着眼点で、ベーキングパウダーに一番感動した様子だった。

そこまで言ってくれるのであれば、備蓄用にある程度錬金して店に常備しておいてもいいかもしれないな。

しっかり味わおうと思い、可能な限りゆっくり食べたつもりではあったが、気がつくと皿は空っぽになっていた。

食後の苺《いちご》も、甘い料理の締めというだけあって、いつも以上に美味しく感じられた。

「ありがとう。また作ってくれ」

「ええ、もちろんです！」

食べ終わったお皿を浄化魔法で綺麗《きれい》にしていると……だんだんと厨房《ちゅうぼう》の向こう側がガヤガヤしだしてきた。

もう開店の時間か。

「あ、それじゃワタシ、オーダー取ってきますね！」

「よろしくです！」

ヒマリはお客さんの注文を聞くべく、厨房からホールへと向かった。

俺はそろそろ帰るとしようか。

たまには散歩がてら歩いてアパートに帰ろうと思い、いつものテレポートは使わず厨房のドアを開けて玄関に向かった。

そんな時……並んで待っている一組のお客さんから、こんな世間話が聞こえてきた。

「聞いたか？　例のトレントの話」

「ああ、なんか今日突然山からいなくなったらしいな」

「一体何があったんだろうな」

「分かんねえ。でも受付のお嬢ちゃんが言ってたには……昨日の夜中、例の山の方角からこの世の終わりみたいな火柱が上がってたらしいぜ」

「この世の終わりのような火柱……？　んじゃなんだ、トレントはそれで燃やし尽くされたってのか？」

「そうなんじゃねえのかな」

トレント、ナノファイアで燃やし尽くされたって設定になってるのか。

まあ確かに、あの炎を目撃した人がいて、状況から推測するとなるとそうとしか結論付けられないだろうな。

正直、その方向で誤認されるのは全然アリだな。

真実が知られると、逆に「そんな危険な生物をちゃんと管理できるのか」みたいな文句を受けることになりかねないし。

「すげえな。でも……一体何者が？　Aランクの先輩方で編成された討伐隊ですら返り討ちに遭ったって聞いたのに……」

「分かんねえ。でも消去法的に、例のあの方しか考えられなくねーか？」

「例の、あの方？」

「もちろん、『昇降機の創造者様』さ」

「ああ、あの伝説の……」

って、なんだその推察は。

もはや昇降機の創造者、「なんか不思議なことがあったらだいたいこの人の仕業」的な扱いになってるのか……。

真夜中に動いたのにこれとは、なんかだいぶ迂闊《うかつ》なことがしづらくなったな。

こないだのこともあったし、ダンジョンの百六十階層にカードを調達しに行く際も普通に昇降機を使うんじゃなくて、瞬間移動装置を設置して家からドアツードアで行ける形にした方が良かったりして。

なんで製作者が使うのを躊躇《ためら》わなくちゃならんのだという気もしなくはないが。

これ以上の長居は良くないと思い、俺はそそくさと足早に店を立ち去った。

◇◇◇

次の日。朝起きて、特にすることもなくぼーっとしていると、ふと俺は一個面白いことを思いついた。

それは……「世界樹の樹液で、ハイシルフ用のドリンクを作ることができるんじゃないか」というもの。

俺は昨日、キングトレントのビットに楓《かえで》の樹液を集めてもらい、そこからメープルシロップを作ったが……その「樹液を集めて飲食物を作る」という行為は、何も楓に限る必要があるものではない。

極端な話、世界樹相手にそれをやってもいいわけだ。

世界樹の樹液が人間にとって美味しいかはさっぱり未知数だが……世界樹はハイシルフのための木である以上、ハイシルフにとってはその樹液が美味しいであろうことも簡単に予想できる。

「なあ、一つ聞いてみたいんだが……もし世界樹の樹液を飲めるとしたら、飲んでみたいか？」

「おいしそう～！」

「たのしみ～！」

近くにいたハイシルフたちに聞いてみると、乗り気な反応が返ってきた。

じゃ、ちょっくら試してみるとするか。

俺は楓の離島に移動し、ビットに相談を持ちかけた。

「ビット、一つ頼みがあるんだが……今日は楓じゃなくて、別の島にある木から樹液の回収を頼みたいんだが、やってもらえるか？」

「もちろんっス！」

ビットを連れて、浮遊大陸の本島へ。

その中心部までやってくると……俺は世界樹を指してこう言った。

「あの木だ」

しかし――それに対するビットの反応は、予想外なものだった。

「って……あ、あ、あ、あの木は……！」

「ん？　どうしたんだ？」

「あ、あの木だけは無理っス！　そんなことをしたらワシ、死んでしまうっス！」

ビットは震えながら、怯《おび》えた表情を浮かべて早口でそう言った。

「……どういうことだ？」

思ってもみない発言に、俺はただ困惑するしかなかった。

まさかビットが樹液の吸い取りを拒否するとは。

しかも「死んでしまう」って、いったいどういうことだ？

世界樹の生命力が強すぎて転送が上手くいかないとかならまだ分かるが、死ぬ要素なんて一つも見当たらないんだが。

何かやりたくない理由があるにしても、死は流石に誇張が過ぎるんじゃないか。

「やりたくないなら無理にとは言わない。けど、ちゃんと説明はしてくれ」

更に言葉を重ねてみると、ビットはゆっくりとこう語り始めた。

「ワシの特技、樹液を自身に転送することじゃないスか」

「ああ、そうだな」

「その特技なんスけど……あの木に対してだけは、使っちゃいけないんス」

「だから、それはなぜだ」

「あの木、ワシの樹液転送能力の制御を乗っ取ってくるんス。具体的には……収納空間に樹液を転送するルートを塞《ふさ》ぐと共に、体内に直接取り入れるルートは閉じれないようにされるっス。その上で、奴はワシの維管束のキャパを遥《はる》かに超えた樹液を送ってきて……ワシを破裂させるっス」

聞いてみると、まさかのメカニズムがそこには隠れていた。

想像の数倍の力技だったな。

世界樹の樹液がトレント系には毒とか、逆に樹液を吸い返されるとかかと思ったら許容量を超えて送り付けてくるとは。

「ハハ……なんだそれ」

世界樹の生命力のデタラメっぷりに、俺は乾いた笑いを漏らすしかなかった。

「笑い事じゃないっスよ！」

「ああ、安心しろ。流石にそれを聞いて『いいからやれ』なんて言わないから」

しかしそれにしても、いったいビットはどこでそんな知識を手に入れたのだろう。

ビットと世界樹は初対面のはずだし、あの山には他のトレントはいなかったので誰かから伝え聞いたということもないはずだが。

「ちなみに聞くが、なんでそんなことが分かるんだ？」

「本能っス。ワシの本能がそう言ってるっス」

……まさかの本能ときたか。

ビットのことを疑うわけではないが、これだと思い込みの可能性もあるので事実関係を整理する必要性はありそうだな。

俺は超魔導計算機を取り出し、百科事典で世界樹のページを開き、ページ内検索で「P2P樹液共有」と打ってみた。

すると、こんな文面が検索に引っかかった。

『世界樹はトレント系の魔物からP2P樹液共有を受けた場合、その脆弱性《ぜいじゃく》を突いて亜空間系統の制御を奪った上で維管束に大量かつ高圧の樹液を送り付け、当該魔物の生命維持機能をダウンさせる』

なるほど、ビットが本能的に感じている危機感は的を射ていたようだ。

それにしても、こうして説明文で読んでみると、なんだか世界樹の反撃方法ってDoS攻撃みたいだな。

あーやだやだ。

前世の仕事がフラッシュバックするような単語を思い浮かべるのはやめにしよう。

……そんなことはどうでもよくてだ。

とりあえず、このままビットに樹液の回収を頼むのは無理だと判明した以上は……何かしらの解決策を考えなくちゃならないな。

ビットが世界樹相手にP2P樹液共有を発動できるようにする方法は、大きく分けて「収納空間への樹液の転送を可能にする」と「維管束にダメージが出ないよう、樹液の流量を抑える、あるいは維管束をより丈夫にする」の二つ。

ただし目的がビットを通じた樹液の回収である以上、後者はできたところでやる意味がないので、実質的な解決の方針は前者だけだ。

その中でも一番手軽なのは……世界樹に協力してもらって、転送能力の制御を奪わないようにしてもらうことだろうな。

そもそも大前提として、ビットも世界樹も俺の仲間だ。

お互いに敵対行動を取る必然性はどこにもない。

ましてやハイシルフのためとあらば、いよいよ世界樹が難色を示す理由は皆無のはずなのだ。

問題はどうやって木と意思疎通を図るんだってところだが……発声なしで言葉を交わす手段としては念話があるし、言語の違いを乗り越える手段としてはハイシルフの自動言語通訳があるので、この二つを組み合わせれば会話自体は問題なく行えるだろう。

早速試してみるか。

「なあ、世界樹と話したいから通訳を頼んでいいか？」

「もちろんだよー！」

ハイシルフに自動言語通訳を頼みつつ、俺は念話を発動した。

『もしもーし。世界樹さん、聞こえるか？』

心の中でそう念じると……数秒して、こんな返事が返ってきた。

『ああ、聞こえておるぞ』

よし、とりあえず会話は成功だ。

あとは交渉を成立させるだけだな。

『実は今、一つお願いしたいことがあってこうして話しかけているんだが、ちょっと聞いてもらえないか？』

『願い……か。もちろん聞こう。汝《なんじ》に大切に育ててもらってこそ今の吾輩《わがはい》があることはよく自覚しておるからな』

好感度も申し分ないようだ。

これはかなり行ける気がしてきたぞ。

『ありがとう。でその内容なんだが……世界樹さんの樹液を使って、ハイシルフたちのドリンクを作りたいと思っていてな。その方法として、樹液の採取をトレントにお願いするつもりなんだ』

『なるほど』

『だから今回限りでいいから、P2P樹液共有の転送制御を奪わないようにしてもらえないだろうか？　俺の隣にいるこのキングトレントは俺の仲間だから、悪いようにはしないと約束する』

そんな感じで、俺は要望を伝えてみた。

しかし……世界樹からの回答は、あまり芳しくないものだった。

『そういうことか……。大変申し訳ないのだが、それは無理な願いだ』

世界樹は申し訳なさそうなトーンで、丁重に不承諾の旨を口にした。

『そうか……』

俺としては献血への協力を要請するくらいの感覚だったのだが、木にとっての樹液はそれ以上に大切なものなのかもしれないな。

流石に度が過ぎた願いだっただろうか。

と思ったが、世界樹は続けてこんな補足説明を加えた。

『気持ちの上では、快く協力したいところなんだがな。いかんせん、P2P樹液共有の転送制御の奪取は条件反射なのだ。不随意な身体の反応は、吾輩自身がどんなに願っても止められるものではない』

なるほど。やりたくないんじゃなくて、やれないから断ってきたのか。

『なんかこう……訓練次第でどうにかできるものとかじゃないのか？』

『そうだな……何度も練習を繰り返せば、いずれは条件反射を制御できるようになるかもしれんな。それまでには何百体ものトレントを犠牲にする必要はあるだろうが』

『そういう感じか……』

言ってみれば、世界樹にとって転送制御奪取の条件反射を起こさないようにするのは、人間が合気道の達人になるくらいの難易度なんだろうな。

確かにそりゃ一朝一夕でできるものではない。

必要練習量が世界樹の言う通りなら、練習台を用意するってのも現実的じゃないし……世界樹の協力で解決するってのは、諦《あきら》めるしかなさそうだな。

とすると、どうするか。

しばらく考え……俺は次の方針を固めた。

世界樹側で転送制御奪取を行わないようにするのが不可能なら、世界樹が制御を奪えないくらいまでトレント側の転送制御力を向上させればいいのだ。

先ほど超魔導計算機で世界樹について調べた時にも、「『脆弱性を突いて』亜空間系統の制御を奪う」との記載があった。

脆弱性があるのが制御を奪われる原因なら、それをなくしてしまえば済む話だ。

肝心の脆弱性の解消方法は……そうだな。

キングトレントも植物っちゃ植物なんだし、品種改良でどうにかできたりしないだろうか。

「ビット、ちょっと撮るぞ」

「え、なんスか？」

ビットの遺伝情報をゲノムエディタに取り込むと、俺はそれっぽい項目を探していった。

すると……「次元干渉力」という、それっぽいパラメータ名が見つかった。

たぶん、この力が世界樹の本能を上回りさえすれば制御を奪われることなく通常通り樹液を亜空間に転送できるんだよな。

しかし……これ、ただ上げりゃいいってもんじゃないよな。

基準となる世界樹の干渉力が分からなければ、どれだけ上げれば十分かの判断などつきようもない。

　というわけで、一旦《いったん》世界樹のデータを取ろう。

　俺はゲノムエディタに世界樹の遺伝情報を取り込むと、「次元干渉力」で検索し、出てきたパラメータの数値をメモした。

　それから再びキングトレントの遺伝情報設定画面に戻ると、次元干渉力の値を世界樹のそれの一・二倍程度に書き換えた。

　この遺伝情報を出力して、ハイシルフたちにビットの遺伝情報を書き換えてもらえば……世界樹の樹液を安全に吸えるキングトレント爆誕、てなわけだ。

「ビットの遺伝情報をこれにしてくれ」

「「「は〜い！」」」

「ちょ、そ、それって確か例の楓《かえで》にもやってた奴っスよね？　ワシをどうしようとしてるんスか⁉」

「なあに、ちょっくら転送にかかる制御能力を強化して、世界樹の樹液を問題なく吸えるようにするだけさ」

「そ、そんなことやって大丈夫なんスか⁉　能力の代償として変な副作用が出たりしませんよね？」

「問題ないはずだ。それこそ昨日の楓だって、単純に樹液の量と濃度がアップしただけで他の影響なんて一切なかったろ？」

「それはそうスけど……」

「あれ以外にも過去には様々な動植物の遺伝情報書き換えをやってきたけど、一度として副作用なんて出たことはなかったぞ。それに、万が一何か変なことになってしまったところで、時空調律で元の状態に戻せるんだ。何も心配することはないって」

「うーん……」

よっぽど不安なのか、まだ完全には納得しきっていない様子のビット。

しかしそんなことはお構いなしに、ハイシルフたちは着々と遺伝情報の書き換えを進めていった。

「「「できたよー！」」」

「どうだ、何か体調におかしいところはあるか？」

ハイシルフたちが作業完了を告げてくれた後、念のため俺はビットにそう尋ねてみた。

「問題ないっスね」

「そうか、良かった。じゃあ早速世界樹の樹液を吸ってみてくれ」

「ぶっつけ本番で、っスか⁉」

「ああ。理論上、今のビットの転送制御能力は世界樹の一・二倍強力なんだ。普通に考えて、それで制御が奪われるはずはない」

「ちょっとでもまずそうだったらすぐに時を戻してくださいね⁉」

「もちろん、それは約束しよう」

「じゃあ……」

おそるおそる、P2P樹液共有を世界樹相手に発動するビット。

「や、やべーっスこれ！　樹液を送り付けてくる圧は半端ないスけど、全部収納に送れちゃうっス！」

だが実際に上手くいくと分かると……ビットはかなり感動した様子で興奮気味にそう伝えてくれた。

って……ちょっと待て。

今ビット、「圧は半端ない」って言ったよな。

それって、世界樹が条件反射でやってしまうのは転送制御の奪取だけじゃなくて、高圧・過剰量の樹液を送り付ける方もだってことだよな？

だとしたら、このままだと世界樹の方がマズいんじゃなかろうか。

キングトレントの亜空間容量は無限大なんだ。

放っておくと、世界樹がいつまでも高圧樹液を送り続け、本能のせいで樹液を失い過ぎて生命の危機に……なんてなってしまいやしないだろうか。

「ビット、転送は中断できるか？　できるなら今すぐ止めてくれ」

「了解っス！」

このことに気付くや否や、俺はすぐさまビットに転送を一時中断してもらうよう頼んだ。

『世界樹さんよ、今の樹液の減少量って体調に影響あるか？』

『いや、全くもって大丈夫だ。今の十倍吸われていると少しまずかったかもしれんがな』

続いて世界樹にも現段階で既に樹液を吸われ過ぎてないか聞いてみたが、こちらも問題ないことが確認できた。

ひとまずセーフ。

今後これをやる時には、あらかじめ転送を繋《つな》ぐ秒数を決めてからやった方が良さそうだな。

じゃ、樹液も取れたことだし、早速ハイシルフたちにドリンクとして提供しよう。

「これに八分目くらいまで世界樹の樹液を入れてくれ」

俺はアイテムボックスからコップを一杯取り出し、ビットにそう指示した。

「了解っス。こんくらいスかね」

ビットがコップに樹液を入れ終えたところで、自分から一番近くにいたハイシルフにそのコップを渡す。

「これ、味見してみてくれないか？」

「はーい！」

そのハイシルフは嬉《うれ》しそうな表情で、コップをグイっと傾けた。

「……どうだ？」

原液のままでも美味しいのか、それとも多少はジュースとして何かしらの加工をした方が良さげか。

などと思いながら反応を待っていると、飲み干したハイシルフが元気よくこう言った。

「さいこーだよー！」

どうやら調整なんて必要なさそうだ。

流石はハイシルフのための木から採れる樹液ってだけはあるな。

「ねーねー、ぼくにものませてよー！」

「あたしもー！」

幸せそうに空になったコップを持つハイシルフを見て、他の子たちも興味津々な様子に。

「もちろんだ。今ビットに注いでもらうからもう少し待ってくれ」

そう言って俺はアイテムボックスから余ってた空の容器を百十個ほど取り出すと、テーブル代わりに広めの対物理結界を一枚展開し、その上に容器を並べた。

「この容器全部に樹液を充填《じゅうてん》してってもらえるか？」

「はいっス！」

ビットは全ての容器に同時に樹液を注ぎ、瞬く間に全てを八分目まで満たした。

「さあ、飲んでいいぞ」

「「「わーい！」」」

俺が許可を出すと、ハイシルフたちは一目散に容器を手に取り、樹液を飲み始めた。

「すっごくおいしいー！」

「みもおいしいけど、これもすごくいいねー！」

「いくらでも、ごくごくのめるよー！」

「しあわせー！」

全員、気に入ってくれたようだ。

「これ、のんでみてよー！」

この場にいるハイシルフの数より容器の数の方が多かったのか、一杯だけ手をつけられずに残っていた容器があったのだが……ハイシルフのうち一体がそれに気づくと、そう言って俺のところまで持ってきてくれた。

「お、おう……」

気持ちは嬉しいが……これ、人間にとっても原液のまま飲んで美味しいものなのか？

半信半疑ながらも、好意を無下にはできないので試しに口をつけてみた。

すると……。

「ああ……こういう味か」

意外にも、味自体は前世の時から馴染《なじ》みがあるものによく似ていた。

これは……炭酸の抜けたコーラとでも形容すればいい感じか。

不味《まず》いとは言わないが、一旦そういう認識をしてしまうとどうしても物足りなさを感じてしまうな……。

ちょっと試しに、炭酸を足してみるか。

コーラに味が似ているとはいえ、成分はコーラとは全くの別物だろうし、もしかしたらその成分と二酸化炭素が化学反応を起こして逆に変な味になってしまう恐れもないとは言えないが……実験をするだけしてみる価値はあるだろう。

「超級錬金術」

俺はそう唱え、樹液に炭酸ガスを足した。

そしてもう一度、一口飲んでみる。

「……これだ、これだ！」

実験は大成功で……出来上がったのは、慣れ親しんだ刺激的なコーラの味そのものだった。

まさか、ここへ来てこの懐かしい味に再会できるとはな。

流石に炭酸飲料は一気に飲み干すものではないので、ある程度満足するくらい飲んだら残りはアイテムボックスにしまっておく。

てか……これ、人間以外だったら炭酸ありとなし、どっちのほうが美味しいと感じるんだろう。

ふとそんな疑問が湧いた俺は、ビットに新たに二杯のコップに樹液を入れてもらい、うち片方に炭酸を足し、アパートで寝ているヒマリのところに持って行った。

「ちょっとこれ、飲み比べてみてもらえないか？」

「分かりましたぁ」

ヒマリは両方飲み干すと、こんな感想を口にした。

「あ、なんかこのシュワシュワした方良いですね！　舌にピリピリ来る感じがやみつきになりそうです！」

なるほど。ドラゴンの感性でも、炭酸はウケが良いようだな。

もしかして、ハイシルフもだろうか？

結局全部でどれくらいの樹液を吸い取ったかを把握していないので、全員に二杯目を配るほど残りがあるかは不明だが……少なくともハイシルフたちは、「いくらでもごくごく飲める」と言っていた。

量が確保できているなら、おかわり分を炭酸入りで用意してみてもいいかもしれない。

浮遊大陸に戻ると、まず俺はビットに樹液の残量を確認した。

「ビット、さっき吸った樹液ってあとどれくらい残ってる？」

「まだ7割くらいは残ってるっス！」

あと一回どころか二回おかわりをあげても余るくらいあるのか。

じゃ、全員分の炭酸入り樹液を作ろう。

「分かった。さっきと同じくらい、空になった全ての容器に補充してくれ」

「了解っス！」

「……超級錬金術」

ビットが充填を終えると、俺はその全てに炭酸ガスを加えた。

「みんな、おかわり飲んでいいぞ」

「「「やったー！」」」

ハイシルフたちは大喜びで、さっきと同じく一目散に容器を手に取った。

「おおー？　さっきとあじがちがうー！」

「なんか、もっとおいしくなってるー！」

「しゅわしゅわしてて、いいかんじー！」

ハイシルフたちも炭酸入りの方が好みなようだ。

最初にみんなの反応を見た時は原液のままで十分だと思ったが、やはり味見をしてみると改善点って見つかるもんだな。

「うぷー、でもこれ、おなかふくらむねー」

「ねー！」

「ちょっと、のみすぎたかもー！」

……流石に炭酸イッキがきついのは人間も妖精《ようせい》も変わりない、か。

ま、樹液も際限なく採れるわけじゃないんだし。

少量でも満足度が上がるようになったなら、これはこれでいいのかもしれないな。

第二章　新しい仲間ができた

世界樹の樹液で炭酸飲料を作ってから、七日後のこと。

二回目のメープルシロップ作りを行うべく、ビットに樹液の回集を頼んでいると……突如として、頭に直接何者かが話しかけてくる声が響いた。

『お久しぶりじゃのう』

この声は……ヒマリのお母さんか。

『ああ、久しぶり』

『唐突ですまんが……今、時間は空いておるか？　ちょっと久々にお主のところへ行きたいのだが』

どうやらただの来訪の連絡だったようだ。

『ああ、大丈夫だぞ』

別に今日の予定はメープルシロップの精製だけだし、なんならそれすらも原液をビットの方で持っといてもらえば明日にずらすことだってできる。

そんなスケジュールのガラガラ具合だったため、もちろん俺は二つ返事でＯＫをした。

『そうか、良かった。では今からそちらに向かわせてもらおう』

『了解。定時全能強化、もちろんあった方がいいよな』

『ありがとう。そこまでしてもらってかたじけない』

『じゃあ転送するぞ。定時全能強化』

ヒマリのお母さんに移動速度を速めるためのバフをかけると、一旦《いったん》念話の通信を切った。

……さて。そういうことなら、こちらもおもてなしの準備に取り掛かるとするか。

なぜこのタイミングでヒマリのお母さんが来たがっているかだが……おそらく理由は、パンケーキを食べたいからだろうな。

俺が作ってきた食材や料理に関しては、こちらのハイシルフから向こうで待機しているハイシルフを通じて逐一ヒマリのお母さんにも伝わってるはずだ。

その上で、このタイミングで腰を上げたということは、直近でできたものに興味を引かれたからだと推測するのが一番自然だろう。

じゃあなぜ八日前ではなく今なのかという疑問は残らなくもないが……ヒマリのお母さんにだって自分の都合があるだろうしな。

別にそれ自体はおかしなことではない。

万が一外れていたとしても、「違ったかー」とか言ってそこから別のメニューを作るグダグダ感でも全く問題ない相手だし。

とりあえず、パンケーキでも作って待っているとしよう。

とは言っても……ただ普通にパンケーキを作るだけってのも、ちょっと面白みに欠けるな。

せっかくだし、何かちょっと特別なことができないだろうか。

……そうだ。ドラゴンスケールのパンケーキを作るってのはどうだ？

日本食とかベーコンとかは、どうしても食材のサイズの兼ね合いでメチャクチャ巨大なのを作るってのが難しかったりするが……粉ものであれば、調理器具さえデカいのを用意すればどんなサイズにすることだってできる。

ヒマリも普段は人間サイズの食事で満足してくれているが、たまには本来の姿で心置きなくがっつり食べたいだろうしな。

これは結構、シンプルながらもナイスアイデアなのではなかろうか。

そうと決まれば、早速やってみよう。

まずは誰が調理をするかだが……俺がやってももちろんいいのだが、もっと腕のいい料理人がやるならそれに越したことはない。

腕前だけで言えば、最善は当然ミスティナだ。

だがこれだけのためにこんな時間に呼び出すのもアレだし、何よりここまで移動して来てもらってる間にヒマリのお母さんが到着してしまうだろう。

とすると次善の策は、ミスティナのパンケーキ作りを模倣しているハイシルフにやってもらうことか。

誰か模倣しててくれればいいのだが……。

「なあみんな、この中でパンケーキの作り方を覚えている子はいるか？」

「ぼく、できるよー！」

どうやらいたようだ。

じゃあ、調理係はその子で決まりだな。

そしたら次は、下準備。

俺はいつも容器を作るのに使っている離島に移動すると、そこで「超級錬金術」を用い、身長の何倍ものサイズのあるボウル、泡だて器、お玉、フライパン、あと山ほどの量のベーキングパウダーを錬成した。

それらと一緒に本島に戻ってくると、俺はさっきパンケーキ作りを模倣してると言った子にこう頼んだ。

「このボウルに八分目くらいの分量でパンケーキの生地を作ってくれ」

「で、でかいねー」

「これから『巨大化』を使って君を大きくするから、相対的なサイズは普通になるはずだ」

「ならだいじょうぶだよー！」

「ありがとう。じゃあ……巨大化」

ミスティナにウニを捌《さば》いてもらった時に使った例のスキルを唱えると、パンケーキ作りを模倣してるハイシルフのサイズが十倍ほどになった。

「ざいりょうをだしてねー！」

「ええと……どれくらいだ」

「そうだねー、まずたまごは……」

指示に従い、アイテムボックスから必要な量の材料を取り出す。

「みんな、たまごをわってぼうるにいれるのてつだってー！」

「「「おっけーい！」」」

大量の卵を割り入れるのだけ手分けして行うと、残りの作業はパンケーキ作りを模倣してるハイシルフが手際よくちゃちゃっと済ませた。

「できたよー！」

「ありがとう」

そしたらいよいよ焼いていこう。

さて、どうやってこの馬鹿でかいフライパンを熱するかだが……多分、俺自身がコンロになるのが一番手っ取り早いだろうな。

俺は上空3メートルくらいの位置に五徳の形状をした対物理結界を展開すると、その上にフライパンを置いた。

「みんな、一つ頼みがある。俺はこのフライパンの下でナノファイアを発動し続けるから、その火加減がパンケーキを焼くのにちょうどよくなるようシンクロ率を調整してもらえないか？」

この形式なら、ハイシルフたちは意思一つで火力を調整することができる。

ある意味、コンロのつまみを回す以上に火力調節はやりやすいだろう。

「おっけーだよー！」

「いつでもちゃっかしていいよー！」

「了解。ナノファイア」

ハイシルフたちのＯＫが出てからナノファイアを唱えてみると、いつもの天高く昇る火柱ではなく、コンロの強火をフライパンのサイズに合わせて相似拡大したような規模の炎が立ち昇った。

そしてそれは、瞬時に中火くらいの火力に弱まった。

「そろそろいくよー！」

フライパンが十分に温まると、巨大化したハイシルフがお玉一杯分の生地をそこに流し入れる。

と同時に、ナノファイアの火力は消えるか消えないかギリギリの弱火くらいまで小さくなった。

「ふた、あるー？」

上からは、巨大化したハイシルフがそう尋ねる声が聞こえてくる。

蓋《ふた》か……。

今さらで申し訳ないが、そういえば作ってなかったな。

ま、それも結界で代用すればいいか。

「こんな感じでいいか？」

「うん、だいじょうぶー！」

結界を追加発動してからそう聞いてみると、肯定的な返事が返ってきた。

「じかんをはやめるまほーのはつどうも、おねがいしていいー？」

時間を早める魔法……時空調律のことか。

たしかに、このスケールだと尋常じゃないくらい生地が分厚いもんな。

表面が焦げない火力で中まで火を通そうと思ったら相当な時間がかかるか。

言われてみれば、時空調律を併用しなければ焼ける前にヒマリのお母さんが到着してしまいそうだ。

ただ……俺、どれくらい時間を飛ばすのが適切かなんて見当もつかないんだよな。

「時空調律」

とりあえず俺は、フライパンの中の時間の流れが二倍になるくらいの感じで「時空調律」を発動した。

一旦はここから始めて、ハイシルフと相談しながら倍率を上げたり下げたりして適切な時間を経《た》たせるとしよう。

「とりあえず、発動はした。もっと早くとか、もっと遅くとか、止めてとか指示を出してもらえるか？」

「わかったー！　じゃ、もっとはやく……もっと……もうちょっと……」

ハイシルフの指示に従い、少しずつ時空調律の時間経過倍率を上げていく。

「……このへんでいっかいとめて！」

一旦時空調律の発動を終了すると、巨大化したハイシルフがパンケーキの裏表をひっくり返した。

「じゃ、もういっかいさっきのおわりくらいのばいりつにして～」

「了解。時空調律」

「……はい、すとっぷ！」

裏面も同じようにして火を通すと……巨大化したハイシルフがそう言って、焼き上がりを告げた。

どれどれ。どんな感じに仕上がっているだろうか。

「おお……！」

巨大パンケーキは、今すぐにでも食べてしまいたいほど綺麗《きれい》な黄金色に焼きあがっていた。

人生リスタートパッケージに「透視」というスキルがあったので、それで中を見てみるも、中心部までしっかりふわふわになっていてドンピシャでちょうどいい焼き加減のようだ。

「……完璧《かんぺき》だ」

「えへへ～、よかった～」

一旦この巨大パンケーキはアイテムボックスにしまっておき、二枚目を焼いていくことに。

「じゃ、次も同じようにお願いしていいか？」

「わかった～！」

俺は五徳の形状の結界の下に戻り、再度「ナノファイア」を発動した。

これを繰り返すこと六回。

計六枚の巨大パンケーキが焼けたところでちょうど生地がなくなったので、俺たちはこの作業を終了することにした。

それから俺は、もう一度容器作りに使っている離島に行き、巨大パンケーキが乗るお皿と俺の身長の倍くらいのサイズのある巨大な楓《かえで》の葉形の瓶を二本錬成した。

そしてビットが回収した楓の樹液を一部分けてもらい、「超級錬金術」で濃縮して二本の瓶に詰めた。

あの巨大パンケーキに、普通サイズの瓶に入ったメープルシロップをチマチマかけてたらキリがないからな。

こうして特注サイズの瓶入りメープルシロップを作ることにしたのだ。

工場の方は充填装置《じゅうてん》が普通サイズの瓶にしか対応していないので、今回はイレギュラーで実験時と同じく「超級錬金術」で樹液を加工することにした。

そうこうしていると、遠くの方からドラゴンらしき姿がこちらに向かってきているのが見え始めた。

そろそろ到着か。ちょうどいいタイミングだな。

『ヒマリ、浮遊大陸まで来てくれ。お母さんが来てるぞ』

一応そう一報入れておいて、俺はドラゴンの姿が到着するのを待った。

数秒後。

「着いたぞ」

ヒマリのお母さんは上空で一気に減速し、ゆっくりとホバリングしながら地面に降りてきた。

「お疲れ様」

「何を言っておる。お主のバフのおかげで、私はビックリするほど疲れておらんぞ」

ヒマリのお母さんはすこぶる元気な様子だ。

「何だか見ないうちに離島がたくさん増えておるな。しっかり活用してもらえているようで嬉《うれ》しいぞ」

「こっちこそ、浮遊大陸のおかげで凄《すご》く助かってるぞ。これがなければ、ここまで活動の幅を広げるなんて夢のまた夢だっただろう」

「ハハハ、お主ほどの才覚の持ち主なら、浮遊大陸がなかったらなかったで別の方法でどうにかしていた気がせんでもないがのう」

「それはどうだかな」

亜空間化された広大な土地ってだけなら、神のスキルの入手までこぎつければどうにか手に入れられたかもしれないが……浮遊大陸はそれだけじゃなくて、「魔力を注げばどんな地質の土壌でも大量に作れる」という性質が地味に超有用だったりするからな。

やっぱりちょっと、浮遊大陸なしでこれだけのことをやるのは想像がつかない。

「これが例の、樹液で甘い調味料を作っておるという林か」

「ああ、そうだ。少し前に、ちょっと訳あってキングトレントを仲間にしてな。せっかくならその能力を活用しようってことで、これを始めたんだ」

そういえば……ビットの紹介がまだだったな。

ヒマリはまだここに来るまで少しかかるみたいだし、パンケーキはみんな揃《そろ》ってから食べた方がいいだろうから、先に挨拶《あいさつ》だけ済ませとくか。

「こいつがキングトレントのビットだ。この林の楓の樹液を回集するのを手伝ってもらっている」

「ビットっス！　お初にお目にかかるっス！」

俺が紹介すると、ビットは幹をヒマリのお母さんの方に曲げて軽くお辞儀をしながらそう名乗った。

「こちらこそはじめまして。って……ん？　お主、先ほどこの子のこと、キングトレントと言ったか？」

するとヒマリのお母さんは……どういうわけか、ビットの種族名に対し疑問を抱いた。

「ああ、そうだが……」

どこに疑う要素があるんだろう。

鑑定文にもキングトレントって書いてあったんだし、疑う余地なんて一切ないはずだが。

と思っていると、ヒマリのお母さんは続けてこんなことを言った。

「私にはエンペラートレントのように見えるが……」

エンペラートレント？

なんじゃそりゃ、聞いたこともないぞ。

名前的には、キングトレントの上位種っぽいイメージな気がするが。

「どうしてそう思ったんだ？」

不思議に思いつつ、俺はヒマリのお母さんがそう感じた根拠を尋ねてみた。

「何というか……キングトレントというには、洗練された技の達人の雰囲気が強すぎるように感じるんじゃがな。というか正直、エンペラートレントでもここまで洗練されることがあるのかという気もするが」

聞いてみると、ようやく思い当たる節がハッキリした。

「ああ、そういうことか。もともとは普通のキングトレントだったんだが……ビットは世界樹の樹液を吸えるよう、P2P樹液共有の制御能力を向上させてるんだ。エンペラートレントっぽい雰囲気は、そこから出てたのかもしれない」

てか……ヒマリのお母さん、見た目の雰囲気でP2P樹液共有の練度なんて見抜けてしまうんだな。

それもそれで凄い能力だと思うが……。

「世界樹相手に技が通用するじゃと？　お主、サラッと言っておるがとんでもないことをしておるな……」

「ハイシルフ用のドリンクを作りたいと思ってな」

「普通なら、思いついたとて到底実行に移せることではないのだがのう……」

ヒマリのお母さんは遠い目で空を仰ぎ見た。

てか、世界樹の樹液転送で思い出したんだが……ヒマリのお母さんのところに常駐してもらってたハイシルフ、まだ世界樹ジュースを飲んだことがなかったんだったな。

「で、わざわざキングトレントを強化してまで回収した世界樹の樹液がこれなわけだが……そっちにいたハイシルフも、是非飲んでみないか？」

「もちろんのみたい〜！」

樹液入りのコップをアイテムボックスから取り出すと、ヒマリのお母さんの背中あたりにいたハイシルフが期待に目を輝かせながらこちらに飛んできた。

「おいし～！　このしゅわしゅわ、すき～！」

彼女は幸せそうな表情で、樹液をゴクゴク飲んでいく。

あんまり一気に飲むと炭酸で気分悪くなるぞ……。

ま、それも一回経験したら次からは調整するようになるか。

「これ、たまに飲ませてやってくれ」

俺はアイテムボックスにとってあった予備の樹液をある程度ワイバーン周遊カードに移し替え、ヒマリのお母さんに渡した。

「承知した。良い感じにペースを計らって与えるとしよう。足りなくなったら、また連絡する」

「ああ、そうしてくれ」

ヒマリのお母さんはワイバーン周遊カードを自身の収納にしまった。

「ぷは～、おいしかった～！　でもおなかいっぱい～」

そして樹液を飲み終えたハイシルフは、ヒマリのお母さんの背中に戻っていった。

じゃ、そろそろヒマリも到着するだろうし、巨大パンケーキをアイテムボックスから出しておくか。

そう思い、取り出す操作をしようとした矢先……ヒマリのお母さんがこんなことを言いだした。

「そうそう、仲間の紹介と言えばじゃな」

「……何だ？」

「私からも、お主に紹介したい者がおるのだ。というか今日は、そのためにここまで来た」

なんとヒマリのお母さんも、何者かをここへ連れて来ていたようだった。

ここへ来た目的、パンケーキを食べにくることじゃなかったのか。

まあ良いおもてなしになるであろうことには変わりないので、別に問題はないのだが。

にしても、全然気づかなかったな。

一体誰だ？

「連れて来たって……どこにいるんだ？」

「鱗《うろこ》の下におったから、そこからは見えんかったじゃろうな。みんな……出ておいで」

ヒマリのお母さんは後ろを振り返り、鱗の下にいるという者に話しかける。

すると……体中の至るところから、ハイシルフの半分くらいの背丈の青い人型の生物が何十体も出てきた。

おいおいおいおいちょっと待てい。

紹介したい者って、一人じゃなかったんかい。

流石《さすが》にこの量は想定外なんだが。

というか……この子たち、一体どういう生き物なんだ。

パッと見では、シルフを青くした感じとしか言い表せない見た目だが……。

「紹介しよう。この子たちは、水の妖精《ようせい》ウンディーネじゃ」

一瞬、鑑定が頭をよぎった俺だったが、それよりも前にヒマリのお母さんがそう言って青い子たちの正体を教えてくれた。

水の妖精、か。

「シルフを青くした感じ」という見立ては、あながち間違いではなかったようだ。

しかし、一体どういう経緯でヒマリのお母さんはこの子たちをここに連れて来ようと思ったのだろうか。

というかそもそも、この子たちとヒマリのお母さんは一体どういう関係なのだろうか。

「あ、ああ……はじめまして。こんな知り合いがいたんだな」

「知り合いというか、初めて会ったのはつい先日のことだがな。この間、私はハイシルフを連れてヴィアリング海周辺の散策にお出かけしたんだが……その時ハイシルフがウンディーネの群れを見つけたのだ。しばらく駄弁《だべ》ってる間に仲良くなったみたいだぞ」

……思ったよりだいぶ浅い関係だったな。

「それがいったい、どうして俺に会わせようという話に？」

「ハイシルフは、自然界に通常存在しない格の高さの妖精じゃ。それゆえに、ウンディーネたちはハイシルフたちを先輩のように慕っておってな。当然、どうやってハイシルフたちがそこまで登り詰めたのかという話にもなり――ウンディーネたちの興味はお主たちにも向かうこととなった。一度会ってみたいというから、連れて来たんじゃよ」

まとめると……「知り合いに凄い人がいる」と紹介され、ついて来たみたいな感じか。

流れだけ見れば完全にマ○チの勧誘じゃねーか。

俺だから良かったものの、そんなノリでホイホイ〝凄い人〟についてってたら、いつか悪い人に騙《だま》されかねないぞ。

そういう悪人には存在が認識できない仕様だから大丈夫なのかもしれないけども。

まあ、とりあえず経緯は分かったし、ハイシルフが認めた存在である以上は、普通に仲良くして大丈夫そうだな。

「俺はマサトだ。みんな、よろしく」

俺はウンディーネたちに近づき、軽く名前を名乗った。

「ほんとーにてんせいじゅのにおいがするー!」

「すごーい、うわさどおりだー!」

「いけるでんせつだー!」

「よろしくね〜」

そして俺は、またしても転生樹の匂いで認識されることとなってしまった。

なんだろう、この圧倒的デジャヴ感。

転生樹の匂いに反応するのって、種族に関わらず妖精に共通なのか……。

にしても、もう例のミニトマトを食べてからだいぶ経《た》つのに、まだ転生樹の影響って身体《からだ》に残ってるんだな。

などと考えていると――怒涛《どとう》の脳内アナウンスが脳内に響き始めた。

〈ウンディーネをテイムしました〉

〈ウンディーネをテイムしました〉

〈ウンディーネをテイムしました〉

・
・
・

あ……ちょい待てぃ。

早い、早いって。

まだテイムするなんて一言も言ってないんだが。

まあそれを言えば、当時のドライアドだって何の前触れも無しにどんどんテイムされていったのは同じだけども。

しばらくの間、脳内アナウンスは延々と続き……一回一回、俺は身体が少しづつシャッキリする感覚を覚えた。

これ、絶対あの時と同じく五種のパラメータが一体あたり四倍とかになってるよな。

全員のテイムが終わったら、またＩＮＴ《魔技》とかＳＴＲ《物攻》とかは1億あたりに落ちつくように調整してもらわないと。

何分か待っていると、ようやく怒涛の脳内アナウンスが終了した。

終わってから言うのもなんだが……この子たち、本当にこれで良かったのだろうか。

ドライアドに関してはヒマリのお母さんが世界樹の種をくれたからシルフ、ハイシルフへと進化させられたけど、ウンディーネもそうできるとは限らないんだがな。

稲妻おじいさんに聞いてみれば何か手がかりをくれるかもしれないが、それも絶対保証されているわけではない。

ま、仮にできなかったとしても転生樹の匂いで慕ってくれてることには変わりないんだし……それは追い追いの課題としておくということで一旦《いったん》は大丈夫か。

そんなことよりだ。

この子たち、今後はどうするんだろう。

テイムされたってことは、このままこっちで預かることになるんだろうか？

「ウンディーネたちって、今後は俺が面倒を見ればいいのか？」

「そうだな。お主の迷惑にならないのであれば、お主のもとで暮らしてもらおうと思っておったが……」

やはりそうなるか。

住処《すみか》に関しては離島を一個増やせばどうとでもなるし、別に迷惑とかはないので全く問題はないけども。

「分かった。じゃあそうするとしよう。みんな、改めてこれからよろしくな」

「「「よろしくね～！」」」

こうして、俺はあれよあれよという間にまた一気に大量の仲間ができる運びとなった。

そしてそんな折、やっとこさもう一体のドラゴンの姿がこちらに近づいてくるのが視界に入ってきた。

「すいませ～ん遅れました～。あ、お母さん久しぶり～」

「久しぶりじゃの。元気にやっておったか？」

「いろいろ食べれて毎日楽しいよ！」

「そうか、それは何よりじゃ」

ひとしきり親子の再会の挨拶《あいさつ》をした後、ヒマリはこちらを向き……一瞬驚いた表情をしてから視線を外し、こちらを二度見した。

「って……え、え？　この青い子たちは一体⁉」

「ウンディーネだ。君のお母さんのもとに常駐してたハイシルフが先日見つけたらしいんだが、なぜかさっき流れでテイムしてしまった。新しい仲間だから、仲良くしてやってくれよな」

「へ、へえ～。これはまた一段と賑《にぎ》やかになりそうですね。ワタシからもよろしくです－！」

「「「よろしくね～！」」」

さてと。これで全員揃《そろ》ったことだし、今度こそ巨大パンケーキ会を始めよう。

「実はさっき連絡をもらった時から、おもてなししようと思って用意してたものがあるんだ」

そう言いつつ、俺は身長の半分くらいの厚みのあるパンケーキが三枚重ねで積み上げられたお皿を二つ、アイテムボックスから取り出した。

「たまには気兼ねなく量重視でガッツリ食べたいだろうと思って、こんなものを作ってみたんだ。

これなら、ドラゴンの姿のまま食べても胃袋満杯になるだろう？」

「「お、おおおお～！」」

巨大パンケーキを目にして、ヒマリもヒマリのお母さんも目が点になった。

続けて俺は先ほど作った巨大な楓《かえで》の葉形の瓶に入れたメープルシロップも取り出し、皿の隣に配置する。

「ちなみにこれが、楓の樹液を濃縮して作った調味料な。ふんだんに使ってくれて構わないから、ぜひ味を楽しんでみてくれ」

「す、凄《すご》すぎます……！　こんなにたくさん食べられるなんて夢みたいですー！」

「わざわざ私たちドラゴンのためにこんな特注品まで作ってくれたのか。何ともかたじけない……」

親子揃って、目を爛々《らんらん》と輝かせるヒマリたち。

「「いただきまーす！」」

二体ともそう言うや否や、メープルシロップを滝のようにドバドバとかけて無我夢中でパンケーキを食べ始めた。

「んん～！　この五臓六腑《ごぞうろっぷ》に染み渡る大自然の甘味！　何回食べても最高です！」

「中まで完璧《かんぺき》な焼け具合じゃな……このサイズで作るのは大変じゃろうに」

ヒマリよ、メープルシロップに対して「五臓六腑に染み渡る」て言う奴《やつ》は初めて聞いたぞ。

言わんとすることは分かるけどもさ。

あ、そうだ。

仲間に加わってくれたからには、ウンディーネたちにも何か食べさせてあげたいな。

こんなに仲間が増えるなんて一切想定してなかったので何も準備できてないが、何か今すぐあげられるものはないだろうか。

とりあえずは、果物なら調理とかなしでそのまま食べられるのでフラガリアーアトランティスでもあげるか。

「みんなも良かったらこれとか食べないか？」

「なにこれー？」

「フラガリアーアトランティスっていう、古代の美味《おい》しい苺《いちご》だよ。化石から復活させてみたらめちゃくちゃ美味しかったからぜひ食べてみてくれ」

俺はウンディーネたちの前にフラガリアーアトランティスを山積みにした。

が……どういうわけか、ウンディーネたちは手をつけるでもなく、ただただ首を傾げるばかりだった。

「どうした、食べていいんだぞ？」

もしかして、苺は口に合わないんだろうか。

水の妖精だから、水産物じゃないと食べないとか……？

と思ったが、彼女らが苺に手をつけない理由は思ってたのとは全く違っていた。

「たべるっていっても、どうすればいいのー？」

「これ、からだをとおりぬけちゃうよ～」

……あ、そうか。

確かドライアドも、霊媒ってやつをかけないと体内に実体のあるものを留《とど》めておけないんだったな。

進化の過程でその制限はなくなっていたのですっかり忘れてた。

まあ、そんなわけで余った霊媒はアイテムボックスの奥底に使われず眠っているはずなので、それをかけてやればいいか。

しばらく画面をスクロールして霊媒を見つけると、取り出して苺の山にかけた。

「これで食べれるか？」

「あ、これならたべられそー！」

「ありがとうね～」

霊媒がかかると、苺を「体内に留めておけるもの」と認識したからか、ウンディーネたちは嬉《うれ》しそうに苺を頬張り始めた。

「おいしい～！」

「やっぱり、ここにきてよかった～！」

「このひとに、いっしょうついていく～！」

「あたしも～！」

良かった。

無事苺を気に入ってもらえたようだ。

とかやっている間にも、ヒマリたち親子は既に巨大パンケーキを食べ終えたようだ。

「ふう〜、大大大満足ですぅ〜！」

「こんな素晴らしい食事にありつけるとは……つくづくお主がキングトレントと出会ってくれて本当に良かったわい」

ヒマリのお母さんの来訪目的こそ完全に読み違えたが、ここまで喜んでもらえたなら結果オーライだな。

「良かったら、ベーコンと食後の飲み物もいかがかな？　食材的に巨大なのを作るのが難しいから、こっちは人間形態になって食べたり飲んだりしてもらうことになるが」

少し味の違うものも食べたいかと思い、俺はベーコンと炭酸入り世界樹樹液を取り出しつつそう聞いてみる。

「もちろんほしいです〜！」

「そうじゃな。私もわざわざキングトレントをエンペラートレント以上にまで強化して得た物がどんなものか興味がある」

二体とも返事は即決で、すぐさま人間の姿に変身した。

「うーん、これ、これです！　このクリスピーさが絶妙なんですよねー！」

「ほう、これは美味じゃのう。程よく酸味が効いていて丁度いいわい」

酸味に関しては、おそらく足した炭酸の影響だろうが……まあ細かいことはいいや。

じゃ、しばらくは親子水入らずで話す時間も欲しいだろうし、一旦俺はこの辺でここを離れるとするか。

「この中に苺も入れとくから、好きなように食べてくれ」

そう言って俺はフラガリアーアトランティスをある程度ワイバーン周遊カードに移し、二人のとこに置いていった。

◇◇◇

さてと。

そんじゃ俺は、ウンディーネ用の新しい住処作りに取り掛かるとするか。

数も多いし、浮遊大陸の離島に住まわせるのは確定として……肝心なのは、その離島をどんな設計にするかだな。

俺は最適な離島の設計を模索するため、まずはウンディーネについて色々と調べてみることにした。

超魔導計算機で百科事典を開き、「ウンディーネ」と入れて検索する。

すると……だいたいどうすればいいかが見えてきた。

ふむふむ。まずウンディーネには、存在するだけで自分たちが棲《す》む水を浄化する作用があると。

他の生物が全くいない状態ではウンディーネが棲む水は純粋なＨ２Ｏ――すなわち蒸留水と同じような状態になり、他の生物がいる状況では最も生きやすいような水質ができあがるんだな。

とすると……水が定期的に入れ替わる仕組みにする必要はなさそうだ。

いやむしろ、新しい水が入ると水質が最適からブレちゃうから、入れ替えは全く無いほうがいいまであるか。

これは正直かなりありがたいな。

山に川に海と、循環システムを一通り作ろうと思ったらかなり大変だっただろうが……これであれば、湖を一つ用意してやれば十分そうだ。

それならかなり簡単にできるな。

俺は新たに離島を一つ作り、中央部の土地は低く、周縁部になるにつれて土地が高くなるよう念じながら魔力を注いだ。

とりあえず半径は400メートルほどでいいかと思い、MP《魔力量》を5000ほど注入して円形の土地を作る。

注ぎ終え、一旦「飛行」スキルで上空から俯瞰《ふかん》してみると、まるで超巨大なフライパンとでも言えるような形状の土地が出来上がっていた。

ここに満杯になるくらいの水を注げば、ひとまずは湖の体を成すものが出来上がるな。

というわけで、次の問題はどうやってここに水を注ぐかだ。

一番手っ取り早いのは、俺が水魔法で大量の水を生成し、流し入れることだろう。

なんせ今はウンディーネの加入もあって、INT《魔技》の最大値が過去とは比べ物にならないくらい上昇しているのだ。

おそらく最小威力の水魔法でも、この土地を満水にして余りあるくらいの量の水を生成することは十分に可能だろう。

しかしこのやり方には、メリットと表裏一体な懸念点が一つ隠れている。

それは、「水の勢いが強すぎる恐れがある」というものだ。

例えば火魔法で言うと、俺が発動した場合、最小威力の「ナノファイア」でさえ天に届くほどの火柱が上がってしまう。

これを水魔法に置き換えると、あまりにも高速高圧の水が射出されて、水が溜《た》まるどころか離島そのものを破壊してしまうことさえ起きかねないわけだ。

それでは本末転倒だ。

かと言って、ＩＮＴを下げて威力を弱めたとしたら、今度は流量が少なすぎて一向に水が溜まらない……なんてことも考え得る。

もちろん、ちょうどいい塩梅《あんばい》にＩＮＴを調整したり、対物理結界や時空調律を併用するといった工夫をこらせばクリアできる課題ではあるだろうが、そこそこ繊細な調整が要求されることは想像に難くない。

もっと簡単な方法はないか。

少し悩んだ末、俺は別の案を思いついた。

そうだ。ハイシルフの恵みの雨で水を溜めるってのはどうだろう？

自然界だって、川や海や湖の水のもととなっているのは雨なんだ。

そう考えると、「雨で湖を作る」というのはごく合理的な発想の気がする。

ただ……これの問題点を挙げるとすれば、そもそもここが満水になるほどの量の雨を降らせることができるかってところだよな。

あの雨は本来、作物の成長をサポートする目的で降らせるものだ。

ゲリラ豪雨やスコールクラスの降雨量を長時間続けるなど、完全に用途の範疇《はんちゅう》外だろう。

できるならそれに越したことはないだろうが、ハイシルフにも無理はさせられないので、ここは要相談だな。

「なあみんな、ちょっと変な相談になってしまうんだが……この土地を満水にして、湖を作るような雨の降らし方ってできたりするか？」

俺は少し遠慮がちにそう尋ねてみた。

「みずでみたして、どうするのー？」

「ここをウンディーネの住処にしようと思ってな」

目的を尋ねられたので、俺はそう説明する。

すると……ハイシルフたちは俄然《がぜん》、やる気に満ちた感じを出して口々にこう言いだした。

「もちろん、あさめしまえだよー！」

「ぼくたちにあんしんしてまかせてー！」

「いっくぞおおお！　ちからがみなぎるぞおおお！」

「かわいいこーはいのためにがんばるぞー！」

「「「おおおおー！」」」

……どういうノリなんだ、これ？

先輩の意地を見せてやる的なアレか。

「あの、無理だけはしないようn――」

「いいからそこでみてて！」

俺から頼むまでもなく、上空を見上げると既にハイシルフたちが呼んだ雲が姿を現していた。

……いつもとは違って、随分と重々しい雲だな。

あんな入道雲を山積みにしたような形の雲、生まれて初めて見るんだが。

これが……ハイシルフの本気ってやつなのか？

などと思っている間にも、たちまち雨が降り始めた。

いや、雨というか……あれはもはや滝だな。

おそらくどんな修行僧でも、あの雨の中立っていることはまずできないだろう。

降らしてるのがハイシルフだと分かってるからいいが……何の事前知識もなくこの雨に遭遇してたら、おそらく俺、世界の終わりか何かと勘違いしてしまっていただろうな。

「つ……」

疲れないのか、と聞こうかと思ったが、ハイシルフたちの真剣な表情を目にすると言葉が続かなかった。

おそらく今話しかけたら、「いまだいじなところだからじゃましないで」とか言われてしまいそうだ。

時空調律とかで手伝ってあげてもいいんだが……今のハイシルフたちには、それすらもただのお節介だろうな。

ここはもう全面的に任せて、水が満ちてゆくのをのんびり眺めて待っておくとしよう。

三十分ほど経っただろうか。

水深が、離島の標高の一番高いところまであと10センチに迫ろうとしたところで……雨は突如ピタリと止《や》んだ。

「こんなかんじでいいかなー？」

「あ、ああ……完璧《かんぺき》だ。こんなに雨を降らして、体調とか大丈夫か？」

「こんなんでつかれるぼくたちじゃないよー！」

「ちょっとほんきだしたかなーってくらいなかんじー！」

「そうか……ありがとうな」

「「「えへへ～」」」

とりあえず、ハイシルフたちが普段通り元気そうなのが何よりだ。

こんな雨をも降らせる力があったとは驚きだな。

俺は再度「飛行」スキルで少し離島から離れ、グルリと飛んで回りながら島全体の様子を確認した。

うん、結構激しい――というかもはや雨の次元を超えた雨だったが、その勢いで土地に穴が開いて水が漏れ出してたり……とかはなさそうだ。

ただ、雨に打たれて土の粒子が水中を舞っているせいか、水が結構濁ってしまっているな。

実際にウンディーネに入水してもらうまえに、これだけは一旦《いったん》落ち着かせたほうが良さそうだ。

「重力操作、時空調律」

少し重力を強め、時間を経たせることで、俺は水中の土の粒子を沈降させた。

しばらくすると、湖の水は最深部でも底が見えるくらいにまで綺麗《きれい》に澄み渡った。

これで完璧だな。

早速、ウンディーネたちを招待しよう。

俺はウンディーネたちを引き連れ、湖のほとりまでやってきた。

「ここを君たちの新しい住む場所にしようと思うんだが……どうだ？」

そう聞いてみると、ウンディーネたちは目を輝かせて口々に感想を言い合った。

「わあああ！　すっごくきれーい！」

「こんなばしょにすめるなんてすてきー！」

「とってもりそーてきだよー！」

「さいこうだね～！」

良かった。かなり好評なようだ。

「この湖の水は、ハイシルフたちが注いでくれたんだぞ」

「す、すごーい！」

「さっすがせんぱ～い！」

「たよりになる～！」

「ぼくたちも、こんなすごいことができるようになりたいね～！」

一方、ハイシルフたちはというと……感動しているウンディーネたちを見て、いつになく誇らしげな様子だった。

「えへへ～、ほめられた～！」

「がんばったかいがあったね～！」

「そーだねー！」

「ねー！」

全く、なんと平和な光景だろう。

この子たちがみんな仲良くしていることこそが、一番の宝物かもしれないな。

ほっこりした気分で、しばらく俺はハイシルフとウンディーネたちの様子を見守った。

この子たちを連れて来てくれたヒマリのお母さんに、後で改めて感謝しないとな。

◇◇◇

湖を完成させてからは、楓《かえで》の離島に戻ってヒマリのお母さんをお見送りしてから、特大瓶用に使って余った楓の樹液を工場でメープルシロップ化し、あとは何をするでもなくのんびりと過ごしていた。

そして、次の日。

目が覚めてから、しばらく俺はベッドに寝っ転がって湖とウンディーネをどう活用するかぼんやりと考えていたが……昼前くらいになる頃にはある程度考えがまとまってきたので、起き上がって出かける身支度を整えた。

俺が現在考えている、湖の活用方針。

それは、「暖かい水域で育つ水産物を中心に養殖する」というものだ。

現状、寒い海域で獲《と》れるものに関しては、ヴィアリング海に行けば最高品質のものが豊富に手に入る。

しかし、暖かい海域や淡水で獲れるものに関しては、同レベルの食材の入手経路がまだ見つかっていない。

ならば、そういった水域で獲れるようなものを養殖し、最高品質の食材を安定的に手に入れられるようにできれば、弱点を補完できていいのではないか。

この考えに至ると同時に育ててみたい水産物も二つほどパッと頭に浮かんだので、俺は今日そのサンプルをゲットし、湖で養殖してみることに決めた。

具体的に、その二つが何かというと……ズバリ、鰻《うなぎ》と海苔《のり》だ。

鰻といえば、蒲焼《かばやき》にうな重、ひつまぶし、そして炙《あぶ》りウナギの寿司《すし》と、日本食ではそこそこ幅広く使われている食材だ。

俺も前世の頃から好きだったし、高いのであまり頻繁には食べられないにせよ、誕生日とか土用の丑《うし》の日《ひ》とかの特別な日には奮発して美味しく食べていた。

そして海苔も、味付のりやふりかけ、巻き寿司に薬味……と、これまた日本食の至るところで使われている食材だ。

醤油《しょうゆ》やみりんすらなかった頃はあまり意識していなかったが、よく考えたらどちらもなんで今まで調達してこなかったんだろうと思うくらいメジャーな食品だ。

育てる環境ができた今、これらを避けて通るという選択肢は万に一つも存在しないだろう。

「ヒマリ、ちょっと連れてってほしいところがあるんだが……」

「いいですよー。どこですか？」

「暖かい海で……海藻とか鰻とかがたくさんとれそうな場所だと嬉《うれ》しいな」

「なるほど、そうですね……」

行き先をリクエストすると、ヒマリは顎《あご》に手を当てて思い当たる場所を考え始めた。

「完全に期待に沿えるかは分かりませんが……いくつか心当たりのある場所はあります」

「そうか。どこが一番確証が持てるとかあるか？」

「うーん、微妙ですね……」

「じゃあ一番近いところから順に案内してくれ」

ヒマリの反応を見るに、ヴィアリング海の時とは違い、暖かい海域に関しては「ここが一番！」と絶対的な自信を持って言えるスポットは無いようだ。

そのことからも、ますます最高の漁場を一から作ることの意義を強く確信できるな。

「定時全能強化」

ドラゴンの姿に戻ってもらいつつ、移動速度アップのためにバフをかけると、俺たちは最寄りの暖かい海に向けて出発した。

それから約十五分後。

「まずはここらへんでちょっと探してみますかー」

ヒマリは遠洋のど真ん中あたりでそう言うと、急減速して海面近くまで高度を下げた。

じゃ、まずは鰻から探すか。

この辺りで探すとなると……深海まで潜れば、卵や仔魚《しぎょ》の状態の鰻が見つかるかもしれないな。

「飛行」

俺は海に潜り、一直線に海底を目指した。

ある程度の水深になってくると光が届かなくなり、辺りが真っ暗になってくる。

これじゃ何も見えないな。

とても小さくて透明な鰻の卵を探すどころではない。

何か明かりを灯《とも》す手段が欲しいところだが……光源確保のためにナノファイアとかを使うのは、海水の温度が上がり過ぎて生態系壊滅とかに繋《つな》がりかねないので避けたいところだ。

何か良い方法はないか。

俺は一旦静止し、人生リスタートパッケージの中に何か適当な光魔法でもないか探そうとした。

が、その時——近くを一匹のチョウチンアンコウが通り過ぎた。

「……これだ！」

すぐさま俺はそのチョウチンアンコウをとっ捕まえた。そして、

「定時全能強化」

バフをかけ、頭の光の光量を爆増させた。

うん、遠くまでしっかり見える明るさだ。

懐中電灯代わりにちょうどいいものを見つけられたな。

光源の問題が解決したところで、俺はチョウチンアンコウを片手に掴《つか》んだまま再度「飛行」を発動し、より深く深く潜っていった。

十数秒後、ようやく俺は海底に辿《たど》り着《つ》くことができた。

海底は平面ではなく、山や谷がたくさん連なっていて、ほとんどの場所が急斜面という様相を呈していた。

これが海山ってやつか。

確か鰻はこういう地形を目印に産卵しに来るってどこかで聞いた気がするし、これはここで卵を発見できる可能性が高そうだ。

俺はよく目を凝らして海底付近を行き来し、卵っぽいものを探していった。

透明かつ球体の物体を見つけては、片っ端から鑑定していく。

数分して……ついに俺は目当てのものに辿り着くことができた。

●Ａｎｇｕｉｌｌａ Ｎａｔｕｒａｌｅ
ウナギ科ウナギ属の魚の一種。食用であり、皮が薄く身に脂が乗っているのが特徴。


岩陰に潜んでいた透明の球体を鑑定した時、このような結果が表示されたのだ。

キタキタキタ。

鰻、それも「皮が薄く身に脂が乗っている」ってことは、ニホンウナギに近い食感の種のはずだ。

学名こそＡｎｇｕｉｌｌａの後がｊａｐｏｎｉｃａではなくＮａｔｕｒａｌｅだが、それはこの世界に日本という国がないからってだけであって、これが前世でいうニホンウナギに対応する種族と見てほぼ間違いないだろう。

最低でも雌雄一匹ずつはいないと繁殖できないので、まだこれで探索終了とはいかないが……それでも、ここに目当ての魚が存在することが確定したってだけでまず大きな収穫だ。

そう思うと、俄然《がぜん》やる気が出てきた。

それからまた数分後、俺は更にもう一つＡｎｇｕｉｌｌａ Ｎａｔｕｒａｌｅの卵を発見できた。

その数十秒後には、またもう一個。

一個一個見つけるごとに、俺はだんだん卵の場所に目星がつくようになってきて、それに伴って卵を見つける間隔も短くなっていった。

ノリに乗って、卵を捕獲し続けること十分。

二十四個ほどの卵を見つけたところでそろそろ十分だと思った俺は、引き上げて海面に戻ることにした。

「超級錬金術」

即席でケースを作り、海水と共に卵を入れたら蓋《ふた》をしめる。

「ありがとうな、助かったよ」

あとは地上に戻るだけなので、チョウチンアンコウは手から離してお別れした。

「飛行」

上に向かってしばらく泳いでいると……だんだんと水中が明るくなり、それからはあっという間に海面に到達した。

「結構長く潜ってましたね。どうでした、欲しいものは見つかりました？」

「ああ、ひとまず鰻のほうはな」

ヒマリに戦果を尋ねられたので、俺は卵の入ったケースを見せつつそう報告した。

「おっ、難しい方はクリアってことですね！　じゃああとは海藻ですね」

「ああ、そうだな」

ヒマリに運んでもらい、今度は岩石海岸の近くへ。

一旦鰻の卵が入ったケースをヒマリに預けると、俺は岩に近づいて目的の海藻の判別に取り掛かった。

確か、一般的な海苔に使われてる海藻はスサビノリってやつだったよな。

見た目は普段見る製品化されてるやつだと深緑だが、単体だとよく見ると本来は赤紫っぽい色だったはずだ。

俺の記憶が間違ってなければ、学名はNeopyropia yezoensis。

今までの経験則から言えば、鑑定するとNeopyropia Naturaleっていう学名で出てくる可能性が高いだろうな。

などと考えつつ、一番近くにあったそれっぽい色の海藻を手に取って調べてみる。

「鑑定」

●Neopyropia Naturale
紅色植物門紅藻綱ウシケノリ目ウシケノリ科アマノリ属の海藻。光沢があり、病害に強い。食用。


まさかの一発目でドンピシャで当てることができた。

しかも学名の予想まで完璧《かんぺき》に一致していたぞ。

ちょっとした奇跡に、思わず笑みがニヤリとこぼれてしまう。

ここを探せばいいって事は分かったので、あとはもうちょっとサンプルを集めてから帰るとするか。

俺は似たような見た目の海藻を見つけてはむしって集めていき、ある程度の量になったら鑑定で別種のが混じっていないことを確かめ、それから「超級錬金術」でもう一つケースを作って海水と共にそこに入れた。

「ヒマリ、帰るぞ」

「え、もう目当ての海藻が見つかったんですか？」

「ああ、速攻で見つかったぜ」

「それはラッキーでしたね！」

預かっておいてもらってた鰻の卵のケースを返してもらうと、俺はヒマリの背中に乗った。

そして「定時全能強化」のバフをかけ、浮遊大陸に向かって飛んでもらった。


それから約十五分後、俺は浮遊大陸の湖の離島に到着した。

まずは鰻の卵と海苔を養殖できる状態にするため、ウンディーネに頼んで湖内の環境整備をやってもらおう。

俺はウンディーネたちに集まってもらうべく、湖に向かって声をかけた。

「おーい、みん――」

――が、それを言い終わる前のこと。

ふと一つ、疑問が頭に浮かんだ俺は途中で口を噤《つぐ》んだ。

そういえば、よく考えたら鰻って回遊魚だよな。

一つの湖で海水の場所と淡水の場所を用意するのって、一体どうしたらいいんだ？

もし養殖するのが鰻だけなら、鰻の成長段階と共にウンディーネに湖の水の塩分濃度を調整してもらうって手もあるだろう。

しかし鰻と海苔《のり》を同時に養殖するのであれば、鰻が淡水にいるべき成長段階になった時も、海苔の場所は海水と同じ塩分濃度にしておかなければならない。

しかしそうなると、鰻と海苔を同じ場所で育てるって不可能だよな……。

いや待て。決めつけるのはまだ早いぞ。

もしかしたら、ウンディーネなら「海苔から数センチの距離の水だけ海水並みの塩分濃度、それ以外は淡水」みたいにイオン濃度が均一でない状態を長時間維持するのも苦ではないかもしれない。

環境整備を頼む前に、まずはそういうことが可能かどうかを確認するか。

俺はアイテムボックスからお椀《わん》を一個取り出すと、湖の水を掬《すく》って入れ、そこに3パーセントほどの質量の塩を足して溶かした。

「おーい、みんなー！」

そして今度こそ、ウンディーネたちに向かって呼びかける。

「よんだー？」

「きたよー！」

「こんにちは～」

数秒経たず、ウンディーネたちは湖面に姿を現してくれた。

「みんなに一つ聞きたいんだが……この塩水を、例えば右半分に塩をガッと寄せて、左半分を真水にするみたいなことはできるか？」

俺はお椀を指しつつそう尋ねてみた。

「もちろんできるよー！」

「そんなの、あさめしまえだよ～！」

「もうできてるよー！」

どうやらウンディーネたちにとっては簡単なことだったようで、返事をしがてら数秒のうちに完成させてしまったようだ。

試しにお椀の右半分、左半分の水をそれぞれスプーンで一杯ずつ掬って飲んでみる。

右半分の水はとてもしょっぱく、左半分の水は何の味もしなかった。

完璧だな。

これが水の妖精《ようせい》の実力か。

半透膜もなくこんな状態を成立させるとは、流石としか言いようがない。

これで第一段階はクリアとして。

「じゃあ……この状態を湖全体で、何十分かにわたって維持するとかは？」

続いて俺は、そんな質問を重ねてみた。

イオン濃度に勾配《こうばい》がある状態を長時間続けてもらう必要があるとはいっても、別に実際の鰻《うなぎ》の成長サイクルに合わせて何か月も維持してもらわなければならないかといえば、そんなことはない。

どうせ実際には、成長促進剤で漁獲可能なところまでは一気に飛ばす運用になるだろうからな。

普段は卵あるいは仔魚の、海水にいるべき成長段階で生息させておけば、塩分濃度に勾配をつけてもらうのは成長促進剤を投入してから成魚を捕獲するまでの間だけでいいのだ。

それにかかる時間を多めに見積もって、俺は「数十分維持できるか」という問い方にしてみたというわけだ。

「それもかんたんだよー！」

「にんげんにとっては、いちたすいちはに、みたいなもんだよー！」

「なんならえいえんにだってよゆーだよー！」

……どうやら俺が無駄に気を遣い過ぎただけだったみたいだ。

まさかウンディーネにとっては1＋1＝2レベルのことだったとは。

同じことを人間がやろうとしたら、「超級錬金術」を常時発動するみたいな話になってくるというのに。

しかしまあ、この返事は頼もしいことこの上ない。

全てが杞憂《きゆう》だったと判明したところで、俺は本来のお願いに話を移すことにした。

「それは良かった。何でこんなことを聞いたかというと……実はこの魚と海藻を、この湖で一緒に育てたくてな。そのために、湖の環境を最適化してほしいんだ。やってもらえるか？」

二つのケースをウンディーネの目の前に置いて、俺はそう頼んだ。

ウンディーネたちはしばらくケースの中身を観察した後、何度かうんうんと頷《うなず》いてから手をポンと叩《たた》いてこう言った。

「わかったー！」

「すぐできるよー！」

「ちょっと、じゅんびするね～」

ウンディーネたちが水質の調整を始めたので、俺は次の段階の準備をしながら待つことに。

鰻の卵は湖の底にセットすればいいとして……海苔《のり》の養殖には、網が必要だよな。

俺は容器作りに使っている離島に移動すると、魔力を注いで油田と鉱山の土地を拡張し、それから「超級錬金術」で金属製の支柱とポリエチレン製の網を錬成した。

それらを抱えて湖の離島に戻ると……俺は早速ウンディーネに話しかけられた。

「もうできたよー！」

早いな。

それじゃ満を持して、放流といきますか。

「飛行」

俺は鰻の卵が入ってるほうのケースを抱え、湖の中心部の一番水深の深いところを目指した。

底に着いてみると……そこの地形は、卵を取りに行った深海の海底と同じような山がたくさんある感じになっていた。

ほほう。ウンディーネ、成育環境の調整のためなら地形を変化させることもできるのか。

確か鰻の卵は岩陰のあたりでよく見つかったので、似たような場所にセットしていくとしよう。

一個一個卵を置き終えると、俺は「飛行」で水面まで戻ってきた。

次は海苔だな。

俺は「良い感じに展開されろ」と念じながら、支柱と網を天高く放り投げた。

すると……支柱は等間隔に刺さり、網はその間を綺麗《きれい》に広がってくれて、まるで熟練の漁師がセットしたかのような状態を一発で作ることができた。

「わあ、すごーい！」

「そんなこともできるんだー！」

「げいじゅつてきー！」

網が展開される様子を見て、珍しがって口々にそんな感想を言い合うウンディーネたち。

そうか。ウンディーネたちにとっては、DEX任せ器用《きよう》法を見るのはこれが初めてか。

ビットといい、最近は新入りにこの技術で驚かれることが多い気がするな。

ま、それは措いといて。

この網に、取ってきた海苔を取り付けていかなければ。

「これ、こんな感じでセットしてもらえないか？」

海苔を一つ取り出して網に取り付けるのを実演しながら、俺はウンディーネたちにそう頼んだ。

「「「おっけーい！」」」

そして残りの海苔を湖の中に入れると、ウンディーネたちは一体あたり一つ手に取って、同じく網に取り付けていってくれた。

取ってきた量が少ないので、現状は海苔のついてる網は全体のごく一部だが……これも何世代か養殖を繰り返せば指数関数的に量が増え、遠くないうちに網全体に海苔が行き渡るような状態になることだろう。

米やサトウキビがそうだったようにな。

ひとまず、養殖準備の工程はこれで双方ともに完了だ。


ここで終えても一応キリ良くはあるんだが……せっかくここまでやったなら、一回目の成長促進剤の投与までやって少しは収穫物を得たいよな。

俺はアイテムボックスの中身一覧を眺めながら、どのような投与方法にするか考えることにした。

海苔の方は、おそらく単純に成長促進剤を湖に流すだけで育てることができるだろう。

だが問題は鰻の方だ。

鰻は植物ではなく動物なので、その成長を促進させようと思ったら、畜産方面の能力を獲得したハイシルフに頼んで配合飼料を作ってもらう必要があるはずだ。

牛豚鶏がそうだったようにな。

しかも鰻の場合、更に厄介なのが、鰻は肉食魚だという事実。

牛豚鶏はまだ農作物で配合飼料を作って育てるだけで済んだが、鰻の場合は配合飼料さえも魚や貝といった動物性の水産資源にしなければならないのだ。

ヴィアリング海まで行って、餌となる魚介を調達してくるか？

いや、それはちょっと億劫《おっくう》だし、何より養殖のために天然資源を消費するってのはどこか本末転倒な気がしてしまうな。

それよりも、「一旦《いったん》草食性の魚介を湖で養殖し、その魚介を鰻用の配合飼料とする」という二段階方式を取った方がよほどスマートだろう。

じゃあその草食性の魚介の餌はどうすんだって話だが……これに関してはおそらく海苔に何かしらのプランクトンが付着してきているはずなので、海苔を成長促進させる過程でプランクトンも一緒くたに増殖させれば、新たに外から調達しなくても済むはずだ。

あらかた計画が定まったところで、俺はそれを実行に移していくことにした。

まずは、海苔とプランクトンの成長促進から。

俺は成長促進剤400HA1Yにクールタイムスキッパー（今回は存在を忘れなかったぞ）を配合し、それを湖に流しながらウンディーネたちにこう指示した。

「この液体の成分を海苔やプランクトンに届けてくれないか？」

ウンディーネは、塩分を水の一部に偏らせることができるほどの液体分子操作能力の持ち主だ。こう頼めば、必要なところに適切に成長促進剤の成分を届けてくれるはず。

「「「わかったー！」」」

思惑通り、ウンディーネたちは二つ返事で了承してくれた。

この湖の面積はおよそ50ヘクタール。

400HA1Yをクールタイムスキッパーと共に一缶撒《ま》けば、湖内の植物を八年分成長促進させられる計算だ。

八回も繁殖サイクルをぶん回せば、今はたった少ししかない海苔やプランクトンもそこそこ湖を埋め尽くすくらいにまで増殖してくれるんじゃなかろうか。

期待しつつ、湖の様子を眺めていると……まるでタイムラプスかと思うような速度で、海苔が網をブワッと黒く染めていった。

と同時に、ついさっきまで青く透き通っていた湖の水が若干緑がかる。

想定通り、海苔は十分に増えてくれたし、プランクトンも多すぎず少なすぎずちょうどいい量にまで達してくれたようだ。

ここに何かしらの魚介を入れれば、爆発的に増殖してくれそうだな。

俺は新たにもう一缶成長促進剤400HA1Yとクールタイムスキッパーの混合液を作り、ハイシルフとウンディーネを同時に呼んでこう指示した。

「これを動物用に調律して、湖の中のプランクトンに分子を纏わせてくれ」

こう頼めば、水中を漂う配合飼料が出来上がるってわけだ。

「「りょーかーい！」」

ハイシルフやウンディーネたちは元気よく返事して、調律と配合に取り掛かりだした。

今のうちに、俺は湖で繁殖させる草食性の魚介の準備をやっておくか。

俺はアイテムボックスの中身一覧を眺め、何を育てるか考えた。

手持ちの魚は、マグロに鮭《さけ》に鰹《かつお》……うーん、思ったより肉食魚ばっかだな。

ウニは一応草食だが、海藻を食べる生き物なのでプランクトンではなく海苔《のり》の方が食われてしまいそうだ。

エビは肉食草食双方存在するはずだが……ディヴィジョンシュリンプはいったいどっちなのだろ

う。

超魔導計算機の百科事典で検索っと。

なるほど。基本的には雑食で、伊勢海老《いせえび》クラスまででっかくなろうと思ったらある程度肉も必要だが、一応プランクトンだけ食っても小ぶりな成体にまでは成長するのか。

そのまま食うわけじゃなくて、あくまで鰻の餌にするだけなら全然それでも問題ないな。

結論としては、手持ちの魚介の中ではディヴィジョンシュリンプが一番適任か。

群れで行動してくれるおかげで養殖後の捕獲も簡単だし。

俺はオスメス数匹ずつのディヴィジョンシュリンプを取り出すと、「時空調律」で生きてた頃まで時間を戻した。

「「「できたよー！」」」

そんなことをやっているうちにも、ハイシルフとウンディーネたちがプランクトンへの成長促進剤の配合を終えたようだ。

「ありがとう」

俺は蘇《よみがえ》らせたディヴィジョンシュリンプを湖に放流した。

ディヴィジョンシュリンプたちはプランクトンを食べては、猛烈なスピードで数を増やしていくが……とはいえ一世代進むのに数十秒は時間がかかるので、すこし早送りすることに。

「時空調律」

三十分ほど湖全体の時間を経過させると、海老の数はヴィアリング海で漁をしていた時に見つけた群れの三倍ほどの規模にまで到達した。

茶こしをそのまま身長の数倍のサイズにまで巨大化させたような形状の対物理結界を展開し、それを網代わりに海老の群れを根こそぎ掬《すく》い上《あ》げる。

俺はアイテムボックスから世界樹の剪定《せんてい》の際に使ったブーメランを取り出すと……大量の海老を天高く放り上げ、そこにブーメランを投げた。

海老たちはブーメランにより、鰻が食べやすいであろうサイズのみじん切りとなって落ちてくる。

それを新しい対物理結界で受け止めると……俺は更にもう一個成長促進剤400HA1Yとクールタイムスキッパーの混合溶液を作り、ハイシルフたちにこう頼んだ。

「この成長促進剤とみじん切りの海老で配合飼料を作ってくれ」

「「「おっけ〜い！」」」

ハイシルフたちが飼料の配合をやってる間に……そうだな。

海苔の網は避けといた方が鰻《うなぎ》を捕まえる時に楽だろうし、収穫だけでも済ませとくか。

「対物理結界、重力操作」

俺は湖面から2メートルほど上に湖面と同サイズの対物理結界を展開してから、海苔には反重力がかかるように、網と支柱には海苔に引っ張られない程度に強い下向きの重力がかかるように念じながら「重力操作」を発動した。

すると、反重力の効果で海苔だけが網から外れ、対物理結界に張り付いていった。

対物理結界に張り付いた海苔を回収すると、次回の育成のもとにする分を取り分け、残りは空中に放り上げてブーメランで切り刻んだ。

刻んだ海苔は、後で工場を増設して板のりに加工するとしよう。

そう思いつつ、刻んだ海苔をアイテムボックスに収納していると……ハイシルフたちから声がかかった。

「できたよー！」

「じゅんびおっけいだよー！」

海老の配合飼料化が完了したか。

「ありがとう」

俺は配合飼料と化した海老を湖に投入した。

「これ、鰻の卵に届けてくれないか？」

「「「りょーかーい！」」」

配合飼料の運搬を頼むと、ウンディーネたちはそれぞれ自分が抱えられる量を抱えて湖の底へと向かった。

さてと。

鰻たちが飼料を食べて成長し、繁殖を繰り返すまで少し時間がかかるだろうし……今のうちに海苔の加工を済ませてくるか。

俺は工場の離島へと移動すると、「特級建築術」で十四階に海苔加工工場を増設した。

十四階が完成したら中に入り、アイテムボックスから先ほど刻んだ海苔を取り出して投入口に入れた。

普通だったら、海苔を板状にする工程の前に細かい砂やゴミを取り除くための洗浄をしないといけないんだろうが……離島の湖はウンディーネの力で完全にクリーンになっているので、その必要も無いのが楽でいいな。

続いて海苔の投入口とは別に設計した調味料用投入口に醤油《しょうゆ》、塩、みりん、グルタミン酸ナトリウムなどを入れていき、運転ボタンを押す。

すると……程なくして、三つのレーンからそれぞれ全型（縦21センチ×横19センチ）の味なし板のり、おにぎり用サイズの味付のり、味なしのきざみのりが出てきた。

こうしてあらかじめ種類別の海苔を作っておけば、いざ料理に使う時に場面に応じて使い分けられるってわけだ。

投入した海苔の加工が済んだところで、機械を止めて全てをアイテムボックスにしまう。

工場を出ると、俺は鰻の成長具合を見に湖の離島へと戻った。


湖に着いてみると……地上からでも、水面下で何匹かの魚の影が動いているのが見て取れた。

おそらく鰻の影だろうが……果たしてもう獲っていいほどにまで成長しているのだろうか。

「おーい、だれかー」

俺は湖に向かって声をかけ、ウンディーネを呼んだ。

「はーい！」

「よんだー？」

すぐさま何体かのウンディーネたちが湖面に顔を出し、返事を返してくれる。

「ああ。今、どの成長段階の鰻がそれぞれどのくらいいるかって分かるか？」

現状の報告をお願いすると、ウンディーネたちは口々にこう答えてくれた。

「おとなのは、ひゃっぴきくらいいるよー！」

「こどもとか、うまれたばかりのちっちゃいのとかはもっとたくさんいるよー！」

「たまごもたくさんだよー！」

成魚は百匹くらいか。

海で獲ってきた卵の数よりは圧倒的に多いので、二世代目くらいまではキーパーサイズにまで成長したと見て良さそうだな。

次の世代はもっと増えてるとのことで、今後の漁獲量についても安心できそうだ。

そしたら現時点で成魚になってる分はとっとと漁獲してしまうとするか。

「ちょっと待っててな」

俺は容器作りに使っている離島に移動した。

「超級錬金術」

鰻を獲る仕掛けの筒を、余裕を見て百五十本くらい錬成したら、湖の離島に戻る。

「これの中に鰻が入るように誘導してくれないか？　成魚だけ中に誘導して、小さいのは来ないようにしてくれ」

筒を渡し、俺はウンディーネたちにそう指示を出した。

「「「おっけ～い！」」」

ウンディーネたちが筒を抱えて潜っていったので、またしばらく待ちだ。

俺は一旦海苔の網をアイテムボックスに収納した。

そういえば……今思い出したけど、鰻って確か血液に神経毒の成分が含まれてるんだっけ。

加熱すると毒性を失うタンパク毒だからフグみたいに調理師免許がいるわけではないものの、触れるだけで炎症を起こす毒ではあるから、捌《さば》く時には注意が必要なんだったか。

ミスティナならそれくらいどうってことはないだろうが、面倒なことには変わりないだろうから、獲った段階で予《あらかじ》めまとめて解毒しといたほうがいいかもしれないな。

卵を取ってきた段階でこのことを思い出していれば、品種改良で毒を持たないようにすることもできたが……まあ解毒なんて魔法をちゃちゃっと一発かけるだけだし、そんなことは気が向いたタイミングですればいいや。

などと考えていると、ウンディーネたちが再び水面に顔を出した。

「おとなのうなぎ、ぜんぶつつにはいったよー！」

「じゅんびばんたんだよー！」

……早いな。もう誘導終わったのか。

「了解。ありがとうな」

それじゃ満を持して、筒を引き上げるとしよう。

「重力操作」

俺は筒だけに反重力がかかるよう念じながらそう唱えた。

すると数秒後、ザバンと音を立てて筒が一斉に湖面から姿を現した。

全ての筒の口を自分のほうに向けると、筒の中身にだけこちら向きの重力がかかるよう「重力操作」の効果を調整し直す。

そして俺はナイフを手に構え……自分に向かって飛んでくる鰻の頭めがけて矢継ぎ早に突きを繰り出し、締めていった。

「解毒」

最後の一匹を締めたら、全部に解毒魔法をかけて血を無毒化する。

アイテムボックスに入れようとするとみんな入ったので、締め損ねた奴はいないと見て間違いないだろう。

「ありがとう。また来る」

筒もアイテムボックスにしまいつつ、俺はウンディーネたちにそう声をかけた。

「まったねー！」

「いつでもおいでよー！」

ウンディーネたちに見送られる中、俺は「飛行」スキルで湖の離島を飛びたった。

これで無事今日の夕食の食材調達完了っと。

少しアパートで休んだら、店に行ってミスティナにいい感じに調理してもらうとするか。

しばらく仮眠を取って起きてみると夕方になっていたので、俺は店に移動した。

「あ、マサトさんお疲れ様です！」

「ああ、お疲れさん」

「昨日、新しいお仲間さんと何かしたいと仰《おつしや》ってましたが……また新しい食材とかできたんですか？」

店では既にミスティナがハイシルフたちと共に開店準備に取り掛かっていて、俺を見るや否やそんな質問を投げかけてきた。

昨日ミスティナにはウンディーネたちをテイムしたことまでは話していたんだが……ずっとその後どうなったか気にしててくれたのだろうか。

「ああ、二種類ほどな」

ミスティナも興味津々な様子なので、早速見せることにした。

アイテムボックスから板のりと鰻を取り出し、調理台の上に置く。

「ほお、これは……なかなか珍しい魚ですね。確か、血に毒があるけど焼けば美味しく食べられる魚、とかじゃありませんでしたっけ？　図鑑でしか見たことないですけど」

ミスティナはまず鰻に着目し、そう予想した。

なるほど。鰻、この世界では「食通だけが知るマイナーな珍味」的な立ち位置になってる感じか。

「まさにそれだ。もっとも、血の毒に関しては解毒してあるから、調理の際に血に触れないようにとかは気をつけなくても大丈夫だぞ」

「なるほど、お気遣いありがとうございます」

血の処理に関して伝えると、ミスティナはそう言って海苔に目を移した。

「しかし……こちらは？」

一方で、海苔に関しては本とかも含めて完全に初見なようだ。

「こっちは海苔と言ってな、海藻を板状に加工したものなんだ。ご飯と合うぞ」

「か、海藻ですか？　それ、食べてお腹とか痛くなりませんかね……？　マサトさんなら大丈夫でしょうけど」

解説すると、ミスティナからはそんな疑問が返ってきた。

お腹が痛くなる……？

ああ、そういえば……確か海苔を消化できる腸内細菌を持つのは日本人だけで、外国人が食べると腹を下すみたいなことは聞いたことがある気がするな。

しかし、それは生海苔に限った話だったはずだ。

「これは焼いてあるから、消化不良とかを起こす心配は無いぞ」

誤解を解くべく、俺はそう解説した。

とはいえ、今後どこかのタイミングで生海苔を使った料理を作りたくなる時が来る気もするしな。

せっかくなら、海苔消化用の疑似腸内細菌も錬成しておいてもいいかもしれない。

「超級錬金術」

俺はムッシモール無効化薬を作った時と同じ要領で、海苔消化用の疑似バクテリア入りのカプセルを錬成した。

「心配なら、これを飲んでおくといいぞ。『海藻を食べるとお腹が痛くなる』というのは生海苔の話だが、これを飲めばそれすらも消化不良を起こさなくなる」

「ありがとうございます。……なんか今、マサトさんが思いつきですぐ大発明をしても驚かなくなった自分に驚いちゃいました」

なんじゃそりゃ。

「俺も……飲んどこうかな」

転生前こそ日本人なものの、この身体も日本人の体質を受け継いでいるかは微妙だと思い、一応自分もカプセルを飲んどくことに。

「ベニテングタケを何の対策もなく食べれちゃう人が今さら何言ってるんですか」

いやまあ、それはそうかもしれないが。

一応ほら、栄養素をしっかり取り込むには正当に消化吸収できるに越したことはないじゃないか。

……多分。

てか、そんなことはどうでもよくてだ。

そろそろ今日作ってもらおうと思っている料理の話に移ろう。

「ところで、今日作ってもらいたい夕飯なんだが……ちょっとこれを見てくれないか？」

そう言って俺はアイテムボックスから超魔導計算機を取り出し、画面をミスティナの方に向けた。

実は仮眠を取る前、何の気なしに「超魔導計算機って他にどんなソフトがあるんだろう」と見ていたところ……「ＮＭＭ４（念写ムービーメーカー４）」という脳内映像を動画化するソフトが見つかったので、それで料理解説動画を作っていたのだ。

映像があった方が説明が簡単になるし、より完成品のイメージを共有しやすいと思ったからな。

作るのが面倒だったらやらなかっただろうが、流石「脳内イメージを出力するだけ」でできることもあり、総作製時間は十秒もかからなかった。

『どうも、ハイシルフなのぜ』

『私はウンディーネよ』

『今日は鉄火巻きと鰻《うなぎ》そぼろ丼の作り方を解説するのぜ』

「こんな横にふっくらした見た目のハイシルフさんっていましたっけ……？　あと喋《しゃべ》り方もちょっと変なような……」

……すまん。そこは単純に俺が前世でよく見てた解説系動画を参考にしただけだ。

ちょっとふざけ過ぎただろうか。

「あーいや……この画面に映ってるのは架空のキャラだ。そこはあまり気にしないでくれ」

とりあえずそう弁明しつつ、俺は続きを再生した。

それから数分後。

「なるほど、こういう料理に使う食材なんですね！　凄《すご》く分かりやすかったです、参考になりました！」

動画を見終わったミスティナは、そんな感想を口にした。

どうやら普段よりしっかりイメージが伝わったようだ。

準備した甲斐《かい》があったな。

「じゃ、作っていきますね！」

ミスティナはそう言って、調理に取り掛かった。

時間加速機能付き炊飯器で一瞬でご飯を炊き上げて粗熱を取りつつ鰻を捌き、グリルにセットしたらご飯に酢と砂糖を混ぜて酢飯を作り……と、ミスティナは手際よく調理工程を進めていく。

その様子をぼーっと眺めていると、後ろからドアがガチャリと開く音がした。

「お、やっぱりマサトさん来てたんですねー。今日獲りに行ったやつで夕飯ですか？」

「ああ、まさにな」

入ってきたのは、やはりヒマリだった。

これでいつものメンバーは揃《そろ》ったな。

……いや待てよ。よく考えたら、準レギュラーがもう一人いるじゃないか。

パンケーキとグリルベーコンの時は忘れてしまっていたが、せっかくなら稲妻おじいさんも呼ぼうか。

「ヒマリ、ちょっと並んでるお客さんの中に教会関係者がいないか見てきてもらってもいいか？」

召喚して大丈夫な状況か確認するために、俺はそうお願いをした。

「分かりました！　ちょっと見てきます！」

ヒマリは勢いよく駆け出し、そして十数秒後に戻ってきた。

「見た限りいなさそうです！」

「そうか、ありがとう」

報告を受け、俺は瞑想《めいそう》を始めた。

程なくして、目の前に稲妻おじいさんが現れた。

『おお、久しぶりじゃの』

「言うほどか？」

などと挨拶《あいさつ》を交わしているうちにも、どうやら料理が完成したようだ。

「はい！　鉄火巻きと鰻そぼろ丼、完成です！」

ミスティナはそう言って、テーブルの上に大皿に乗った大量の鉄火巻きと鰻そぼろ丼のお椀《わん》四つを置いた。

普段からこういう新しい料理を作ってもらう際は次の日の朝食分取り置きも兼ねて多めに作ってもらっているので、こうして突発的に人数が増えても問題なく対応できるのだ。

『おお、新しい料理を試食させてもらえるのか！　実に美味《うま》そうじゃ！』

俺たちだけでなく、稲妻おじいさんも初めて目にする料理にテンションが上がった様子。

「「「『いただきます！』」」」

挨拶をして、俺たちは食事会を開始した。

まずは鰻とご飯、そして卵そぼろをスプーンに一緒に乗せ、口に運ぶ。

「……！」

口に入れた瞬間、脳天に抜けるような最高の味わいが俺を貫いた。

これだよこれ。この、ジューシーで甘辛いたれが合う鰻と卵そぼろのフワフワ感ともっちりしたご飯のハーモニー。

これこそが、至高の鰻の味わいかたなのだ。

「ほわあああ、何というお味……！」

「なるほど、海苔《のり》を巻くと、普通の寿司とは違ってまたパリッとした食感が加わって良い感じですね……！」

『もう儂《わし》、人間界に住みたいんじゃが』

三人とも、鰻そぼろ丼も鉄火巻きも双方気に入ってくれたようだ。

稲妻おじいさんに至っては「人間界に住みたい」って、よっぽど口に合ったんだな。

しばらくの間、俺たちは無口になってひたすら鰻そぼろ丼と鉄火巻きの味に集中し、箸《はし》を進めた。

気がつくと、大皿は既に鉄火巻きがラスト一個になっていた。

美味しかったな。

稲妻おじいさん、この量で満足してくれただろうか。

などと思っていると……稲妻おじいさんはふと思い出したかのように、こんなことを言いだした。

『む、そういえば』

「なんだ？」

『あまりの美味さに思わず言いそびれるところじゃったが……実は一つ、呼び出してもらえたタイミングで伝えたいことがあったのじゃ』

……伝えたいこと？

急にどうしたんだろう。あまり深刻なことでなければいいが……。

稲妻おじいさんは一呼吸置いてから、こう続けた。

『もし良かったら、お主をガンマクラブ祭に招待したいんじゃが。出場を検討してもらえんかのう？』


「……ガンマクラブ祭？」

なんだその、名前からどういう内容か全く想像のつかない祭は。

「それってどうい——」

出場を検討も何も詳細を聞かないことにはと思い、質問しようとしたが、時間制限のせいか稲妻おじいさんは姿を消してしまった。

仕方がないので、再度瞑想して召喚する。

『おっと、すまんすまん。本当にギリギリじゃったの。ホホホ……』

ホホホじゃなくてだ。

「それってどういう祭なんだ？」

俺はさっき聞こうとした質問を繰り返した。

すると稲妻おじいさんは、朗らかに笑ってこう説明してくれた。

『ガンマクラブ祭はの、儂の弟が不定期に主催する海のお祭りなんじゃ。儂の弟が管轄する神界の海には、ガンマクラブというハサミからビームを放つ蟹《かに》がおるんじゃが……祭の内容は、その蟹を狩った数を神々で競うというものでな。優勝者は弟からなんでも一つ願いを叶《かな》えてもらえるんじゃぞ！』

「な、なるほどな……」

俺は喉元《のどもと》まで「祭というかスポーツ大会だろそれ」という言葉が出かかった。

しかもクラブって、蟹の方だったか。

とすると……ビームを放つってあたり、ガンマはガンマ線とかから来てそうだな。

そう聞くとなんか物騒な祭のようにも思えるが……まあこうして参加を勧めてくれるあたり、おそらく安全は担保されているのだと信じていいんだろうな。

それに、「優勝者は弟からなんでも一つ願いを叶えてもらえる」か。

聞く限り、弟さんは海とか水産関係の神のようだし……もしかしたらこれは、かなり参加意義のデカい大会かもしれないぞ。

「なんでもってことは……例えば、妖精《ようせい》を進化させるためのアイテムとかでも貰《もら》えたりするのか？」

もしこれがウンディーネの進化の糸口となるのであれば、参加しないという手はない。

そう思い、俺はそう尋ねてみた。

『妖精？　ああそうか、既に最高位ではないかと思ったら新しく仲間に加わった者がおるんじゃの。

ウンディーネといえば……進化のトリガーとなるはホーリーパールか。もちろん、我が弟なら作製は容易じゃぞ。完成まで一か月くらいはかかるがな』

稲妻おじいさんは一瞬困惑した表情を見せたものの、すぐ合点がいったようにそう答えてくれた。なんでウンディーネのことを……と思ったが、心を読めるからこちらから言うまでもなかったのか。

そしてやっぱり、ハイシルフにとっての世界樹に相当するウンディーネ用の生物を賞品としてもらうことも可能、と。

一か月くらいかかるというのは、一から創造することになるからだろうか。

別に特に急ぎではないので、進化の道筋が見えたというだけでも十分だが。

「分かった。なら参加するよ」

俺は何の迷いもなくそう答えた。

神々を相手にして優勝できるかは未知数だが、俺を信じて仲間になってくれたウンディーネたちのことを思えば、チャンスを掴《つか》みにいかないという手はないからな。

『おお！　それはありがたい。祭がとても盛り上がりそうじゃわい！』

俺の参加表明を聞いて、稲妻おじいさんは一段と嬉《うれ》しそうな笑顔を見せた。

『それでは、当日になったら儂がお主を案内する。人間時間でいうと……そうじゃな。四日後の日の入りくらいの時に儂を召喚してくれ。そしたら儂がお主を神界に誘《いざな》えるからの』

そして待ち合わせの時刻を伝えると、稲妻おじいさんはそのまま姿を消してしまった。

開催地までの行き方、そういう送迎システムなのな。

四日後……か。

祭は不定期に開催されるらしいし、俺の寿命は無限になっているので再挑戦のチャンスは幾度となくあるだろう。

けど願わくば、今回で無事優勝してウンディーネたちにお土産を持って帰れるといいな。

早くハイシルフ先輩たちみたいになりたいだろうし。

◇◇◇

四日後の夕方。

時間になったので、俺はハイシルフとウンディーネたちに頼んで一時的に全ステータスのシンクロ率を100パーセントにしてもらった後、約束通り瞑想を行って稲妻おじいさんを召喚した。

『よお、元気なようじゃな。準備はいいかの？』

「ああ」

『それは何よりじゃ。では、今からお主を案内しようぞ』

軽く挨拶を交わすと、稲妻おじいさんはパチンと指を鳴らす。

すると……辺りは一瞬にして白い光に包まれた。

次に周囲の様子が見えるようになった時には、俺は見渡す限り水平線が広がる岬の先端に立っていた。

岬には、既に何十人もの稲妻おじいさんと似たような服装をした老若男女が集っていた。

これがみんな神……そして、今日のライバルか。

なんか見るからに屈強そうな方もいるし、だんだん不安になってきたな……。

などと思っていると、一番近くにいた若めの男が、すたすたとこちらに向かって歩いてきた。

「やあ。もしかして君が、ガルス＝ガルス＝フェニックスを取り戻してくれたっていう人間の参加者かな？」

「あ、ああ、そうだ」

いきなり素性を言い当てられ、俺は少し動揺してしまった。

俺が参加するってこと……もしかして、神界で結構噂《うわさ》にでもなってたのか？

考える間もなく、続けて俺たちは自己紹介に入る流れに。

「僕はクロノス。神としての役割は、時間を司《つかさど》ることだよ。今日はよろしく」

「俺は将人《まさと》だ。普段は農業と畜産をしてて、最近は水産業にも手を出し始めた。こちらこそよろしく」

無難に自分のことを説明すると、俺たちは握手を交わした。

一瞬、クロノスと名乗った神はニヤリと笑みを浮かべる。

その直後……彼の口からは、更にまた驚きの発言が飛び出してきた。

「君のことはよく知っているよ。なんせ僕、君が『時空調律』を使うたびに事務処理を行ってたからね」

「……え？」

時空調律、使うたびにわざわざ事務処理をしてくれてたのか⁉

そんなこと知らなかったから、今までばかすか連発しちゃってたぞ。

「そ、それはすまない。今後は使うのを自重するよ」

「いやいや、気にしないで大丈夫さ。今ではその事務処理もＲＰＡ化して、その他の元々あった稼働も含め完全にゼロになってるからね」

って、自動化できるものだったんかい。

それにしてもＲＰＡとは、また嫌な記憶が引き出される単語を耳にしてしまったな。

前世で何度、クライアントの曖昧《あいまい》すぎる要望を発端とする開発のやり直しをさせられたことか……。

いやいや、それはともかくだ。

とりあえず、今後も時空調律を気兼ねなく使っていいってのは朗報だな。

「君のおかげで既存の稼働を削るきっかけにもなったから、むしろ感謝しているよ。かと言って、今日の勝負で手加減する気まではないけどね」

そう言って、力こぶを作って見せるクロノス。

そんな風に言ってもらえるとは……物事をポジティブに捉《とら》える神が管理人で助かった。

どちらかといえば、手加減はしてほしいのだが。

「あ、念のため言っとくけど……『時空調律』で周囲の時間を遅らせて自分だけ制限時間を延ばすのはレギュレーション違反だからね。他のみんなの時間操作能力は僕の特別権限で一時的に無効化してあるんだけど、君だけは何回試しても制限をかけられなかったからさ。一応これは言っとくよ」

そんなことが起こりうるのか。

確かに俺のＩＮＴ《魔技》は最大にすると異常な値になるが、まさか神の管理者権限さえ超越してしまうとは。

「分かった。それ以外の能力で工夫して戦うとするよ」

「ああ、そうしてくれ」

しかしそんなことを言われてしまっては、他にどんなレギュレーションがあるのかも気になるな。

せっかくガンマクラブ捕獲数では一位になったのに、無意識に何かに違反したせいで失格とかになってしまったら最悪だし。

「ちなみに他に使っちゃいけない能力とか、そういう制約はあるのか？」

「そうだね……。他は特に大丈夫なんじゃないのかな？　時間制限以外のルールは『たくさん捕獲した人が勝ち』みたいな判定基準に関するものばっかりで、禁止事項の定めはあんまりないし」

「そうなのか」

「あと禁止事項は、『海そのものが干上がるような超大規模火力魔法は禁止』くらいだったかな？　まあそんなことができる奴は一柱もいないんだけどね」

「なるほどな、ありがとう」

気になってルールについて少し尋ねてみると、クロノスからはそんな回答が返ってきた。

禁止事項、そんなに多くはないのか。

それは良かった。

見渡す限り、目の前の海を干上がらせるなんてやろうとしてもできない気しかしないが……一応、「INTを最大まで上げてラストアトミック・インフェルノを放つ」みたいなことはしないようにしておこうか。

干上がるまではないにしても、ここにいるみんなが炎に巻き込まれたりしてしまったら大迷惑だろうしな。

と、方針を頭の中でいろいろ考えていると。

遠くの方でカンカンカ〜ンと音がしたかと思うと、音の方向から屈強な壮年の男が浮遊して姿を現した。

顔立ちが非常に稲妻おじいさんに似ている。

もっとも、手に持っているのは稲妻ではなく銛《もり》だが。

あれが今回の祭の主催者である、稲妻おじいさんの弟か？

「皆の者、ごきげんよう。本日は我が祭典、『ガンマクラブ祭』にお越しいただき、誠にかたじけない」

予想は当たりなようで、男はそう言って軽くお辞儀をした。

「前回大会では皆が一生懸命競い合ってくれたおかげで、増えすぎたガンマクラブを適正な数にまで減らすことができた。本当に感謝の限りじゃ。しかし……一度は適正な数に減ったガンマクラブも、最近また途方もない数に増えておってのう。その数は……なんと、ざっと前回大会の倍じゃ」

なるほど。ガンマクラブ祭、弟さんからすれば間引きを手伝ってもらうための行事みたいなもんなのか。

それで「優勝者には何でも一つ願いを叶える」などという豪華な景品をつけているんだな。

男はこう続けた。

「前回大会と違う点は、数の他にもう一つある。それは……ガンマクラブが変異して、より強力な個体となっていることじゃ。具体的には、ビームの威力が上がり、物理的なパワーや敏捷《びんしょう》性も増しておる」

その発言により……周囲の空気に、少しピリリとした緊張が走った。

嫌な情報だな。

ただでさえ物騒な名前の蟹なのに、前より強くなってしまっているのか。

といっても、俺はその「前」を知らないわけだが……周りの神々の面持ちを見るに、これは決して甘くは見れない事態のようだ。

しかしまあ、これは別に憂えるような情報でも無い気がする。

試験が難化すれば平均点が下がるのと一緒で、敵が強くなるということは同時にライバルも不利になるということを意味するのだからな。

変に意識して、「自分の討伐ペースが遅いんじゃないか」などと考え、本調子が出せるメンタルでなくなってしまうことの方が悪影響もデカいだろうし。

　こういう時こそ、他の神のことは気にせず、自分のペースを守って着実に一体一体討伐していくことを心がけよう。

「時間制限は……見ての通りじゃ」

　更に男はそう言って、空中に光の輪を出現させ、その中に手に持っていた鈷を設置した。

「これが一周したらタイムアップじゃ。それでは……長々と儂《わし》が挨拶《あいさつ》をしておってもつまらんじゃろうからな。皆の者、はじめ！」

　最後にはそう言って挨拶を締めくくると、男は空中にドデカい花火を打ち上げた。

　と同時に、神たちが我先にと海に飛び込んでいく。

　……俺もこうしちゃいられない。遅れを取らないように、探索を始めないと。

「飛行」

　たくさんのガンマクラブが、行く先行く先でホイホイ見つかってくれますように。

　などと願いつつ、俺はそう唱え、海に向かって一直線に突き進んだ。


　次の瞬間。

　全身に衝撃が走ったかと思うと……俺は既に海底に辿《たど》り着《つ》いてしまっていた。

　普段と比べ物にならないＩＮＴでスキルを発動すると、随分と勝手が違うな……。

　とりあえず、まずは明かりを灯そうか。

「じく——定時全能強化」

俺はアイテムボックスからチョウチンアンコウを一匹取り出し、バフをかけた。

このチョウチンアンコウは、深海中の捜索の役に立つかと思い、以前鰻《うなぎ》の卵を探しに行った海で確保し、アイテムボックスに入る程度まで弱らせておいたものだ。

つい元気だった状態に戻そうとして、うっかりレギュレーション違反を犯してしまうところだった。

危ない危ない。

代わりに「定時全能強化」を使ってみたところ、完全には締めていなかったことが功を奏し、チョウチンアンコウは辺りを程よく照らす程度に光ってくれた。

その状態で辺りを見回すと……ちょうど俺が激突した地点に、一匹の蟹《かに》が潰《つぶ》れた状態で倒れ伏していた。

お、これはまさか。

「鑑定」

●ガンマクラブ
海の神ポセイドンが管理する神界の海に生息する、非常に攻撃性の高い蟹。身はプリっとしていて弾力があり、旨味が凝縮されている。

どうやらビギナーズラックを引くことができたようだ。

「……いいぞ」

俺は幸先の良さに感謝しつつ、アイテムボックスにその蟹をしまい、次の個体を探すことにした。

「飛行」を使うとまたどこに行ってしまうか分からないので、とりあえず今は自力で泳いで移動することに。

幸いＶＩＴ《物防》もとんでもなく上げているおかげか、俺は小さくバタ足をするだけでもかなりの速度で泳ぐことができた。

しばらくの間、海底が浅い方向に向かって進んでいると……今度はまた突如として、俺は不思議な現象に遭うこととなった。

一瞬、視界全体が真っ白になったかと思うと……再び視界を取り戻す頃には、手に持っていたチョウチンアンコウが真っ黒な炭と化してしまったのだ。

今のは一体何だったんだ？

なぜ視界が白くなっただけで、チョウチンアンコウが消し炭になってしまったんだ。

一瞬困惑したが、結論に到達するまでは決して長くかからなかった。

おそらく……今のこそが、ガンマクラブのビームだったのだろう。

俺はＶＩＴのおかげで何ともなかったが、チョウチンアンコウはそこまでの耐久力ではなかったため、ビームに焼かれてしまったというわけだ。

とはいえ……このチョウチンアンコウ、一応最大シンクロ率のＶＩＴで「定時全能強化」をかけた個体なんだがな。

それを消し炭にしてしまうとは、ガンマクラブは想像以上におっかない生物なようだ。

即死こそしなかったものの、俺も本当に無事なのかは少し心配なところだが……。

「ステータスオープン」

うん、HP《体力》は1も減ってないみたいだし、寿命はインペリアルエリクサーの条件を稲妻おじいさんに取っ払ってもらって無限になってる上に、「抗がん味噌《みそ》」入り味噌汁を毎日一杯飲めば癌《がん》にかかる確率もゼロなんだ。

遅効性の悪影響は皆無と考えても、とりあえず問題は無いだろう。

そこまで状況を整理したところで、俺は一つ、良い作戦を思いついた。

ビームを受けても特に問題ないのであれば……「敢《あ》えて攻撃を受けて、ビームの方向から位置を特定する」という戦術が使えるんじゃないか？

本当は攻撃を受ける前提で立ち回る気など無かったのだが、こちらから海のどこにいるかも分からない対象を探すよりは、対象に自分の位置をアピールしてもらったほうが手っ取り早いこと間違いなしだ。

早速、今撃ってきた蟹相手にこの作戦を試してみよう。

「超級錬金術」

さっきのビームは眩《まぶ》しすぎて方向を特定するどころではなかったので、遮光メガネを装着する。

しばらく、さっきのビームが効いてないことをアピールすべく辺りを八の字に泳ぎ続けていると……二発目のビームがやってきた。

「……あっちか」

光量が適切に軽減されていて、今回はビームの出所をハッキリと視認することができた。

すかさず、そっちの方向に向かって少し大き目のバタ足でスピーディーに向かっていく。

蟹まで残り3メートルくらいのところで……俺は一旦《いったん》立ち止まり、この蟹をどう対処するか考えた。

こいつ、ビームもさることながら物理攻撃もかなり強力って言われてたよな。

ビームを受けてもどうということなかったからといって、ハサミで挟まれても無事とは限らないし。

安全に処理できる方法があればその手段をとりたいところだ。

数秒考えて、俺はまたしても良さげな案を思いついた。

確か甲殻類って、炭酸水の中にいるとエラを通して二酸化炭素を吸い込んでしまい、死に至るんだったよな。

こいつもその方法で締めれるか試してみるか。

「超級錬金術」

俺は蟹の周囲の水を超高濃度の炭酸水に変えた。

すると……半秒ほどもがこうとした次の瞬間には、蟹は微動だにしなくなってしまった。

試しにワイバーン周遊カードに入れてみると、蟹は何の問題もなく収納することができた。

アイテムボックスと違い、ワイバーン周遊カードの収納条件は俺のＩＮＴ《魔技》に依存しないため、こちらに入れれば生死をきちんと把握することができる。

どうやら今ので完全に息の根を止めることができるみたいなので、これで持ち帰っても「実は微妙に生きていて、収納から出した瞬間ビームを乱発された」なんて惨事にはなることもないだろう。

作戦は完璧《かんぺき》に機能すると分かったところで、次。

俺は更に狩りの効率を上げるために、もう一工夫加えることに決めた。

それは、広範囲威嚇魔法の併用だ。

さっきはたまたま蟹が泳いでいる俺に気づいてくれたおかげでビームを放ってもらえたが、毎回毎回全ての蟹が気づいてくれるとは限らないからな。

こっちから威嚇もしたほうが、取りこぼしは少なくなるはずだ。

人生リスタートパッケージを確認すると……「ワイドレンジメナス」というそれらしいスキルが見つかった。

「ワイドレンジメナス」

唱えてみると……数秒して、三か所くらい別々の方向から自分に向かってビームが飛んでくるのが見えた。

どうやら威嚇の効果はバッチリのようだ。

俺はうち一匹がビームを放った方向に向かってまっすぐ進み、蟹を発見した。

「超級錬金術」

さっきと同じく高濃度炭酸でトドメを刺し、ワイバーン周遊カードに収納する。

同じことを二度繰り返し、俺はさっき威嚇した時に見つけた蟹を全て捕獲した。

そういえば、現時点でどのくらい時間が経っているんだろうか。

一旦海面に顔を出して銛《もり》の角度を確認すると……どうやらまだ制限時間の十分の一も経っていないようだった。

方針を立てる時間も含めてこれなので、時間までに計五十四匹の捕獲は堅そうだな。

などと皮算用しつつ、俺は再び海の中へと潜った。


それからも、俺は場所を変えながら「威嚇→位置特定→炭酸締め&収納」のルーティンをひたすら繰り返していった。

途中からは更に勝手が分かってきて、だんだんガンマクラブが密集している生息域が勘で分かるようにもなっていったので、俺は狩りのペースを加速度的に上げることができた。

百三十四匹ほど狩って、そろそろタイムアップだろうかと思った頃――その予想は当たり、アナウンスが直接脳内に響いた。

〈時間終了じゃ〉

アナウンスと共に、俺は薄い膜のようなもので全身を覆われ、身体に揚力がかかって引き上げられているような感触を覚えた。

おそらく、稲妻おじいさんの弟が参加者を回収してくれているのだろう。

しばらくぼーっと待っていると……俺は初めにいた岬まで運ばれ、到着した瞬間膜がポンと弾《はじ》けて消えた。

他の神たちも、同じようにして続々と運び込まれてきている。

神々の様子はというと……自信ありげな顔をしている者、あまり浮かない顔をしている者、息を切らしながらへたり込んでいる者と実に様々だった。

「皆の者、ご苦労じゃった」

そんな神々（&俺）に、稲妻おじいさんの弟は穏やかな笑顔で労《ねぎら》いの言葉をかける。

「皆が狩ったガンマクラブの数は……儂のこのカウント機能付き空間収納によって公平に数えさせていただく。容器などに入れておる者は容器ごと投入してもらって構わんし、自分の亜空間から直《じか》に転送してもらっても構わん。それでは、投入しておくれい」

弟さんはそう続け、上空に巨大な空間の歪《いびつ》な渦を出した。

あの渦に向かって投げ入れれば、自動でカウントしてくれるのか。

亜空間からの直転送も可ってくらいだから、ワイバーン周遊カードに入ったままカードを投げ入れればそれで良さそうだな。

「ほい」

俺はワイバーン周遊カードを渦に投げ入れた。

他の神たちも、大網に入った蟹を渦に投げ入れたり、転送用の渦を出して通信を行ったりと、それぞれの方法でガンマクラブを送り込んでいく。

「……これで全員のようじゃの」

弟さんはそう言うと、上空の渦を消滅させた。

「……集計完了じゃ。それでは、今回の成績及び上位者発表を行う」

集計は爆速で終わり、俺は心の準備が終わらないまま結果発表に突入することとなった。

「まず……今回の全参加者によるガンマクラブの討伐総数は、なんと八百六十一体。前回より難易度は上がっているにもかかわらず、討伐総数は前回を上回る結果となった。これは実に驚くべきことじゃ」

初めに発表されたのは、そのような総評からだった。

ほう、全員で八百六十一体か。

ここにいる神々の数を考えると……全員の討伐数が割と僅差《きんさ》だった場合、一人あたりの討伐数は二十〜三十体前後になる計算だな。

俺はその四倍くらいの数は討伐してきているので……よっぽどの外れ値を叩《たた》き出した神がいない限り、優勝はだいぶありえそうな雰囲気がしてきたぞ。

これは期待していいんじゃないか。

などと考察していると、弟さんはこう続けた。

「そして次に、皆の者いよいよお待ちかね……今回の討伐数上位者を発表する。発表するのは上位三名、順番は三位、二位、そして一位の順じゃ。それでは第三位は……アレス、三十六体！」

脳内に直接送り込まれたドラムロールの音とともに、第三位の神の名前及び討伐数が発表された。

なんでドラムロールが念話で直転送なんだ。

音楽の神とか、どう考えてもこんだけ人数がいれば誰かしら適役者がいるだろうに。

……というのはまあいいとしても、三位が三十六体ってことはこの時点で俺の二位以上が確定したな。

いよいよホーリーパールゲットが鮮明に現実味を帯びてきたぞ。

周囲の反応はというと……拍手と共に、ちょっとしたざわめきが起こっていた。

「マジか。アレスの奴が三位に落ち着くとはな」

「前回不参加の奴の中に有望株がいる、みたいな話は聞いたことがあるが……それでも準優勝くらいはすると思ってたぜ」

「だよな。前回は準優勝者に圧勝してたもんな」

「ほんとだぜ」

自分も拍手しつつ聞き耳を立てていると、かろうじてそんな会話が聞こえてきた。

三位の神、前回優勝者なのか。

とすると二位以上は、俺含めどちらもダークホースってことか。

これはちょっと、不安になる情報だな。

「一位、三百体！」みたいなデタラメな数値を叩きだされていないことを、今からはもう願うことしかできない。

指を組んで祈って（冷静に考えて神がライバルなのに誰に祈っているのかは不明だが）いると……再び弟さんが口を開き、次の成績を発表した。

「第二位は……アルテミス、四十八体！」

この瞬間、消去法で俺の優勝が確定した。

……っしゃあ！

思わず俺は、その場で誰にも見えないよう小さくガッツポーズをしてしまう。

「ああ、なるほどな。レトさんところの娘か。今回は祭の出場可能年齢を満たしたんだな」

「初出場で準優勝とか天才過ぎんだろ」

「やっぱほら、飛び道具使いは別格なんだろうな」

「確かにな」

準優勝者に関しては、そのような評判が耳に入ってきた。

とすると……今回は初出場者でワンツーフィニッシュを飾ることとなるわけか。

これは確かに、他のみんなからすればだいぶ大番狂わせかもしれないな。

そして最後に……いよいよ待ちに待った優勝者の発表の時がきた。

「そして栄えある一位は……なななんと、人間の出場者、マサト！　討伐数はなんと、驚異の百三十四体じゃ‼」

弟さんは今までより一層声を張り上げ、高らかに宣言した。

と同時に……三位と二位の時は盛大な拍手が起こったのだが、今回はしーんと静まり返ってしまった。

あれ。一位の発表でこんなに静かになるってことあるか？

まさか「人間なんかが一位を掻《か》っ攫《さら》っていくなんて」などと思われている……いや流石にそんなことはないよな。

そんな価値観の神が大半なら、わざわざ稲妻おじいさんは俺に参加を勧めたりしなかったはずだ。

一瞬不安になったが、どうやら静まり返ったのは全く別の理由からだったようだ。

「え……」

「い、今なんていった……？」

「なんか、三桁《けた》の数字が耳に入ったような……」

「いやいや、あの蟹《かに》をそんなペースでだなど……」

周囲は一気にザワつき、それからまばらに拍手が始まり、やがて三位二位の時のような盛大な拍手になっていった。

どうやら討伐数にみんな困惑しただけだったようだ。

「それでは今回の優勝者にインタビューを行うとしよう。マサトどの、前へ出てきておくれ」

俺は弟さんに呼ばれたので、前に移動した。

「いやあ、お主の討伐数はまさに想定外としか言いようのないものじゃった。あの制限時間で三桁もの蟹など、見つけるだけでも大変じゃっただろうに……一体どのような工夫でこの結果を出したのじゃ？」

弟さんのとなりに立つと、そのような質問をされ……直後、俺は喉《のど》に暖かい力が送られるような感覚を覚えた。

今のは拡声魔法か何かか？

「あ、あ」

マイクチェックのつもりで少し声を出すと、岬全体に響き渡るほど大きく声が聞こえた。

拡声魔法で間違いなかったようだ。

「そうだな……俺としては、特に工夫と言った工夫をしたつもりはないな。ただ単純に、遮光メガネをかけて広範囲型の威嚇魔法を使い、蟹からの攻撃を受けてビームの発射源を特定して捕まえに行った。見つけ方はそんな感じだったな」

俺は遮光メガネを指差しつつ、そんなふうに回答した。

すると……またしても、会場全体がしーんと静まり返ってしまった。

弟さんはといえば、口をあんぐりと開けたまま手に持っていた銛を地面に落としてしまっている。

「は……？」

神々はお互いに顔を見合わせると、次第にまたざわつき始めた。

「今……『ビームを受けた上で、それを元に相手の位置を特定した』と……？」

「ああ、そうだ」

「あのビームは、一度受けると兄さんですら制限時間いっぱい動けなくなるほどの威力のはずじゃが……？」

ざわめきが大きくなる中、弟さんの質問に答えていると、衝撃の事実が明らかになった。

なんだと。

ガンマクラブのビームを受けると、最高位神ですら制限時間中行動不能になる……？

やっぱりめちゃくちゃ危険なんじゃねーか。

こんな作戦に出て、本当に大丈夫だったんだろうな。

「一つ聞きたいんだが……あのビームを受け続けたら、時間差で後遺症が出たり……とかってないよな？」

一応、食生活さえちゃんとしてれば癌は防げるはずだが、それでも他の後遺症とかどうしても不安は残るためそんな質問をしてしまう。

「うーむ、そうじゃな。神であれば、即効性のダメージ以外は皆無じゃと断言できるが……パイエオンよ、どう見る？」

「そうですね……」

弟さんが呼びかけると、頭にCDみたいなものをつけ、聴診器を首からかけた神が近づいてきて、俺の方をじっと見た。

「驚きですね。細胞一つたりとも、いや塩基配列一つたりとも傷は見られません。まさに健康そのものです。人間があの蟹のビーム百発以上の線量を受けてこれとは……まさに奇跡としか言いようがないでしょう」

しばらくして、パイエオンと呼ばれた神はそんな結論を出した。

良かった。あまりにもみんながざわめくから、実はよっぽどの禁断の手口だったのかと不安になりかけたが……とりあえずどう見ても医療の専門家っぽい神から証言が得られたので、少なくともビームの悪影響の心配は杞憂《きゆう》だったと結論付けて良さそうだ。

「ゴ、ゴホンッ。なるほどな。確かに、その探知効率であれば、百匹越えの討伐数を叩き出すことも不可能ではないわのう。普通の者には不可能という点に目を瞑《つぶ》れば、まごう事なき最高の作戦じゃわい」

弟さんはといえば、俺の作戦に対しそんな感想を呟《つぶや》きながら、何度もうんうんと頷《うなず》いた。

「ところで……もう一つ、聞きたいことがあるんじゃが。お主が討伐した蟹、外傷が一つも無かったのじゃが、いったいどういう倒し方をしたんじゃ？」

え……？

弟さんの二つ目の質問を聞いて、俺は心の中で何かが引っかかった。

外傷が、一つもない？

……あ！

そういえば、ワイバーン周遊カードだけ投げたから、最初に倒したビギナーズラックの衝突蟹《がに》がまだアイテムボックスの中だ。

一匹カウントしてもらってないぞ。

俺としたことが、完全に忘れてしまっていた。

僅差の相手がいなくて助かったな。

「……どうかしたかのう？」

答えるのに間が空いたからか、弟さんにはそう質問を重ねられてしまった。

「いや、何でもない。外傷が無いのは、高濃度の炭酸を錬金して窒息させる討伐方法を取ったからだ」

気を取り直し、俺はそう説明した。

アイテムボックスの蟹も出すか一瞬迷ったが、それをカウントに入れずとも優勝に変わりはないし、他のみんなからしても１３４が１３５になったところで大してインパクトも無いだろうからまあ今さらいいいだろう。

俺の答えを聞いて……どういうわけか、弟さんの表情がパッと明るくなった。

「おお、それはありがたい！　てっきり毒殺かと思っておったが……その狩り方であれば、みんなでこの後食べることができるな！」

弟さんがそう言ったのを聞くと、この場にいる神たちはみんな「うおおおおっ！」と歓声を上げだした。

なるほど、なんで外傷の有無なんて気にされたのかと思えば、蟹を食べれるような倒し方をしたのかどうかが気になったからか。

高濃度の二酸化炭素は甲殻類にとっては毒なので、ある意味毒攻撃で倒したことには変わりないと思うが……観点が「食べれるか否か」だったら、まあそこの厳密なところは関係ないか。

てかそもそも、蟹の魔物を有毒物質で倒すという発想がそもそも無かったぞ。

ガンマクラブ、最初に鑑定した時には「身はプリっとしていて弾力があり、旨味が凝縮されている」などと表示されたし……俺もどんな味なのかはすごく興味があるな。

許可が取れるなら、何匹か拝借してビームを放たないよう品種改良し、養殖してみるのもいいかもしれない。

そしていよいよ、待ちに待った質問がやってきた。

「して……お主は晴れて優勝者となったわけじゃが。景品は、どんなものをお望みかのう？」

「ホーリーパールで。俺のもとには進化を待つウンディーネたちがいるんだ」

もちろん俺は、即答でそう答えた。

「なるほどのう。お主のような強大な力の持ち主が、妖精《ようせい》思いの人間で本当に良かったわい」

弟さんは感心したようにそう呟いた。

「もちろん、ホーリーパールくらいであればお安い御用じゃ。お主、そしてお主の妖精のために、真心を込めて作らせていただこう」

「ありがとう」

これでこのお祭りのメインゴールは達成だな。

後は何の気兼ねもなく、美味しくガンマクラブを頂くだけだ。

「それでは皆の者……宴《うたげ》の準備じゃあああ！」

「「「うおおおおお！」」」

弟さんが力強く叫ぶと、神たちはみんな歓声を上げ、宴の準備に奔走しだした。

どこから出てきたのか、気づいたら大量の丸太が用意され、目まぐるしい勢いでいくつものキャンプファイヤーの井桁組が作られていく。

……俺も何か手伝った方が良さそうだな。

そうだ。せっかくだし、手持ちのアミロ17を使って蟹釜飯《かにかまめし》でも振る舞うとするか。

「超級錬金術」

俺はキャンプファイヤーの井桁のサイズに合いそうな釜を錬金し、その中にお米と水をたっぷり入れた。

「これ……どこかで炊かせてもらっていいか？」

「ああ、もちろんだよ。優勝者に食料の持ち込みまでしてもらうだなんて、なんだか申し訳ないね」

近くにクロノスがいたので、俺は彼が組み立てた井桁でご飯を調理させてもらうことに。

ガンマクラブを一体返してもらい、解体して身を釜の中に入れ、蓋《ふた》を閉じる。

「それじゃあ……着火！」

合図と共にクロノスが火をつけると、火種から次第にキャンプファイヤー全体に火が回り、ゴウゴウと音を立てて燃え始めた。

なんだか……燃え盛る火って、ぼーっと眺めてるとそれだけで心が落ち着くな。

そういえば、「時空調律」を使わずに料理をするのっていつぶりだっけ。

「どうしたんだい？　そんなに火に見入っちゃって」

「いや、何というか……『時空調律』を使わない料理、久しぶりだなって」

「ちょ……君があんなにも頻繁に『時空調律』を使うのって、そういう用途だったのかい⁉」

「ああ、そうだぞ」

「完全に日常生活用だったんだね……そりゃあんな発動回数にもなるわけだ。でも、料理ってそんなに時を飛ばす必要性があるものだっけ？」

「別にこういうのなら、使っても使わなくてもどっちでもいいんだけどな。でも発酵食品とかだと、熟成に年単位とかかかったりするだろ？　そういうのをやる時は、本当に重宝しているよ」

「年単位で時を操作できるのがそもそもおかしいんだけどね……。初めてあの帳票を目にした時は思わず吹いちゃったよ」

クロノスと他愛もない会話をしつつ釜を見守っていると、少しずつ吹きこぼれるようになってきたので……俺は火加減を調整することにした。

そろそろ弱火にした方が良さそうだが、どうやってやろう。

「超級錬金術」で酸素濃度を下げるとか？

いや、でもちょっと待てよ。

せっかくのキャンプファイヤーなんだ。料理も大事だが、もっと本来の火力を見ていたいってのも正直あるな。

あ、一個名案を思いついたぞ。

釜の熱伝導率を下げれば、実質弱火で加熱しているのと同じ状況を作れるんじゃないか？

「超級錬金術」

俺は空気の組成比ではなく釜の外側の素材を変え、実質的に内部の熱量を弱火で熱しているのと同等にした。

これでよし、と。

あとはこのままもうしばらく加熱して、蒸す段階になったら火からおろすだけだな。

しばらくまたクロノスやクロノスの友達の神などと談笑しつつ待ち、米が炊けたら火から下ろした。

そして更に十分ほど蒸らしたら、いよいよ釜の蓋を開ける。

「おおおお、初めて見る食材だけど、これ凄《すご》く美味しそうだね。何て言うの？」

「これは米って言うんだ。イネ科の植物を品種改良して作った。ちなみに作った料理の名前は蟹釜飯だ」

「へえ～。面白いことやってるんだね」

釜のご飯を混ぜてよそっていると、どうやら他の井桁で蟹を調理していたところも料理を完成させたようで、何人かの神が蟹のハサミや脚を抱えてこちらにやってきた。

「できたぜ、焼きガニ」

「こっちは茹《ゆ》でガニよ」

「こっちではマサト君が『蟹釜飯』っていう人間界の郷土料理を作ってくれたよ！」

人間界の郷土料理……？

あながち間違ってはいないが、郷土と言うにしては「人間界」は広すぎる気がするような。

クロノスの料理紹介のコメントに少しツッコみたくなったが、結局スルーすることにした。

焼きガニや茹でガニを分けてもらう代わりに蟹釜飯をよそってあげて、お互いの料理を交換する。

そうして食べる準備ができた時――突如として、目の前に赤い飲み物が並々と注がれたグラスが出現した。

「な、なんだこれ？」

「これはネクタールって言って、こっちじゃ有名な飲み物だよ」

突然のことにびっくりしていると、クロノスがそう言って飲み物について説明してくれた。

かと思うと、今度は稲妻おじいさんの弟が拡声魔法で声を響かせ、音頭を取り始める。

「それでは皆の者、準備はいいかー？」

これは……グラスを持てばいいのか。

「では――乾杯！」

「「「乾杯！」」」

予想は当たりで、俺はグラスを掲げてみんなと掛け声のタイミングを合わせることができた。

近くにいた神々と軽くグラスを合わせた後、物は試しに一口飲んでみる。

味はというと――ほぼトマトジュースだった。

マジか、こう来たか。

神界だと、こういう行事の時はお酒じゃなくてトマトジュースを飲むのが通例なのか……？

まあ確かに、健康的なのでこの方が良いっちゃ良い……とは言えるかもしれないが。

「どうだい、ネクタールを飲んでみた感想は？」

「美味しいよ。けど……こういう場で出てくるのはちょっと意外だったな」

「そうかい？」

「人間界にも近い味の飲み物はあるが、どっちかというと健康ドリンク的な扱いなもんでな」

「ハハハ、まあ健康なことに間違いはないよ！　神にとってはあまり関係ないけど、他の生物にとっては若返りと寿命延長の効果があるからね」

そうなのか。それじゃまるで不老トマトみたいだな。

いや……「まるで不老トマト」というのは、あまり適切ではないか。

由来の順序としては、おそらく不老トマトの方こそ「まるでネクタール」と言う方が正確な気がする。知らんけど。

そんなことより、肝心の蟹の方を堪能するとしよう。

まず俺は、焼きガニから口に運んでみた。

「……これは！」

食べた感じは……繊細な肉質と強烈な旨味が相俟《あいま》って、まるで高級ズワイガニを食べているかのようだった。

「……美味いな」

「だよね。特に今回のは別格だよ。強くなった分、味もより良くなったのかな？」

クロノスからしても、このレベルの美味さは初体験のようだ。

じゃ、次は茹でガニを行ってみるか。

口に運んでみると……こちらも繊細な肉質と強烈な旨味は健在で、それにプラスしてみずみずしさもあり、より口全体に旨味が行き届くような感じを受けた。

こりゃたとえ満腹だったとしてもいくらでも行けるな。

それじゃ最後に、蟹釜飯を食べてみよう。

こちらは——カニが美味しいのは当然のこと、ご飯にもその旨味がたっぷりと浸透していて、俺は噛《か》めば噛むほど旨味が強くなる感覚を楽しむことができた。

こりゃぜひヒマリやミスティナにも食べさせてあげたいな。

ゆっくりじっくり味わうつもりが、気づいたら目の前の料理は全て食べ尽くしてしまっていた。

俺はガンマクラブの持ち帰り許可を頂こうと思い、稲妻おじいさんの弟のところへ歩いていった。

「一つ相談があるんだが……」

「何じゃ？　何でも言うてみい」

「ガンマクラブ、人間界に持ち帰ってもいいか？　この味を仲間とも共有したくてな」

相談してみると……弟さんは少し考えてからこう答えた。

「そうじゃな。では……既に死んでおるガンマクラブであれば、持ち帰ってもよいものとしよう」

既に死んでいるものなら……か。

養殖はダメなのだろうか？

「生きてるのは連れて帰っちゃダメなのか？」

「お主の頼みじゃ。できれば儂《わし》も断るようなことは言いたくないわい。ただ……ここ神界ならまだしも、人間界ではあの光線の悪影響はちとデカすぎるからの。正直、持ち帰るのはおすすめできん」

聞いてみると、弟さんは理由を話してくれた。

なるほど、そういうことか。

だとすると、あと一歩交渉の余地はありそうだな。

「ちなみにガンマクラブがビームを出さないように品種改良できる場合は？」

「そ……そんなことが可能なのか？」

聞いてみると、弟さんは目を丸くしてそう聞き返してきた。

その問いには俺が答えるよりも前に、ちょうど近くを通りかかった稲妻おじいさんがこう答えた。

「彼なら可能じゃぞ。なんせ、あのガルス＝ガルス＝フェニックスの卵に飛散範囲限定の処理を加えたのは、他でもない彼なのじゃ」

「そ、そうなのか……！」

弟さんはもう一度少し考えた後、今度はこう言ってくれた。

「そういうことであれば、生きた状態で養殖してくれても構わん。海にいる奴でも、今日料理に使わず余っている奴でも、好きに使ってくれ」

こうして俺は、ガンマクラブを人間界で養殖する許可をもらうことができた。

別に死んでる奴を持ち帰っても、「時空調律」で生きてる状態まで戻せばいいだけの話なので、わざわざもう一度海には潜らずとも余ってる個体を持ち帰るだけで大丈夫だな。

アイテムボックスに残ってるビギナーズラックで狩れたやつは、もう一度詳しく調べるとオスだと分かったので、あとはメスを一匹貰《もら》っておくことにした。

それからはまたクロノスたちのいるところに戻り、おかわりをよそって食事を再開した。

そして、用意された食材がほぼ食べ尽くされた頃。

「宴を楽しんでおるところすまないが……改めて、儂から皆にお礼を申したい」

ふいに大きな声が響いてきたので、その方向を向くと……稲妻おじいさんの弟が空中に浮かび、一旦《いったん》辺りが静まるのを待っていた。

「今日は忙しい中、蟹狩りに参加してくれて、そして皆で美味しい料理を作って盛り上げてくれて本当にかたじけない。皆のおかげで我が海は再び生態系の調和を取り戻し、今日という日が永久に思い出に残る楽しい一日となった。特に、人間界からの来賓・マサト殿の参加は我々神々にとってとても良き刺激となったことであろう」

全員が弟さんに注目すると、弟さんはそんな演説を始め、軽くお辞儀をして見せた。

「……!?」

予期せぬところで俺の名前が出てきて、思わず弟さんの方を二度見してしまった。

そんなサラッと話題に出されたらびっくりするだろ。

てか俺、ただの一介の参加者だったはずなんだがいつ来賓になったんだ。

などと心の中でツッコんでいる間にも、弟さんはこう続けた。

「宴もたけなわではあるところじゃが……そろそろ皆、満腹で眠くなる時刻であろう。ここで一旦、今回のガンマクラブ祭は締めとさせていただく。それでは、またいつの日か！」

言い終えると、弟さんは満面の笑みで何度も大きく手を振った。

すかさず、みんなから歓声と大きな拍手が巻き起こる。

……もう中締めの時間か。

なんだか終わってみると、あっという間だったな。

「みんな、今日は楽しかったよ。ありがとう」

「いやいや、こちらこそだよ！」

「今回の盛り上がりは半分以上君のおかげだからね！」

「また神界に遊びにきてねー」

クロノスを始めとする近くで談笑していた神たちに挨拶《あいさつ》をすると、俺は人間界に送り届けてもらうために稲妻おじいさんのところへ向かった。

「今日は誘ってくれてありがとうな」

「いやいや何を言う。礼を言うべきはこちらの方じゃ」

「それじゃ、名残惜しいが……俺を人間界まで送ってもらえないか？」

「ああ、もちろんじゃ。ホーリーパールができる頃に、また儂を呼び出しておくれよ」

「そうだな。進捗《しんちょく》確認で召喚する時は、毎回何かしら新しい料理を用意しておくよ」

「それは楽しみじゃわい！　そういうことなら、毎日進捗確認してくれてもええんじゃぞ」

「ハハハ……」

そんな冗談を軽く交わした後……稲妻おじいさんがパチンと指を鳴らすと、視界は完全に真っ白になり、次に視界を取り戻した時には俺はアパートの部屋にいた。

「では、またの」

そう言い残し、稲妻おじいさんは神界に帰っていく。

ウンディーネたちの進化のためだけに参加する行事のつもりが美味い蟹とかいう副産物も手に入ったし、その上たまに遊びに行ける場所もできて、思った以上に収穫だらけの一日だったな。

明日蟹の養殖をやって、こっちのみんなにも食べさせてあげるのが楽しみだ。

第三章　爆誕！　楽園のようなキャンプ場

次の日の朝。

朝食にベーコンエッグを食べつつ……俺は昨日のことを思い出し、余韻に浸っていた。

本当に楽しかったよな。

特に、メインの蟹《かに》狩りが終わった後のキャンプファイヤー。

みんなで炎を囲んで、大自然の恵みをいただいて……。

ああいう空間だったからこそ、飯も一段と美味《うま》かったというものだ。

次はいつやれるかな。

――そんな感情が、グルグルと頭の中でリフレインしていた時のこと。

突如として、俺の脳内にとてつもなくワクワクする名案がフッと浮かび上がった。


……そうだ。

そんなにキャンプが楽しかったなら、キャンプ場を運営すればいいんじゃないか？

ハイシルフにウンディーネ、浮遊大陸、そして成長促進剤。

よく考えたら、俺には「自分にとって理想の自然環境」を自由にデザインするためのリソースが全て揃《そろ》っているんだ。

これでユニークなキャンプ場を作れば……自分たちでキャンプしてもよし、一般開放してキャンプ場経営をしてもよし、神々を招待して一緒にキャンプをしてもよしの、最強に楽しい遊び場を作れるはず。

などと考えたら、俺はいても立ってもいられなくなった。

残りのベーコンエッグを口に放り込むと、俺はアパートを飛び出し一直線に浮遊大陸に向かう。

早速新たな離島を……と思ったが、魔力を注ごうと思った手前で、俺は一旦それを踏みとどまることにした。

せっかくやるなら、まず地形からしっかりこだわり抜きたいよな。

今のDEX《器用》のことだ。おそらく、別に綿密に設計をこだわらなくとも、「傾斜の緩い山と川がある地形」程度に念じながら魔力を注げば、勝手に良い感じにキャンプに申し分ない土地が出来上がってはくれることだろう。

しかし「ここにこのくらいのサイズの滝があって、反対側には鍾乳洞《しょうにゅうどう》もあって……」みたいにディテールまで作り込んだほうが、実際そこでキャンプをする時の楽しさは各段にアップするはずだ。

というわけで、まず俺は地形の構想を練るところから始めることにした。

超魔導計算機を取り出し、アプリ一覧を見ていると……「テレパシーCAD」という念じるだけで3Dモデルが作れ、気候なども再現できるくらい高度な物理演算機能もついたものがあったので、その力も借りつつアイデアを形にしていくことに。

まずは山と川を配置してと。

最初は湖で蟹を養殖しようかと思ってたけど、せっかくなら蟹はこっちに置きたいので、海も欲しいところだな。

ただ、浮遊大陸はその性質上、端が陸地でないような設計にすることが難しいので、本当に海を作るのではなく「川の終着点を塩湖にする」みたいな形にはなってしまうがな。

これだと水循環が狭い範囲で閉じてしまうが……まあ何体かのハイシルフとウンディーネをこちらに常駐させるようにすれば、それによって問題が起きることはまずないので気にしなくていいだろう。

これで基本的な部分は完成。

あとは、こだわりポイントをいくつか入れていこう。

まず、山の勾配《こうばい》だが……基本的にはゆるい傾斜の方がキャンプはやりやすいので大部分はそうするが、一部は「頑張れば登れる標高の高い山」みたいにしておいたほうが、見晴らしのいい場所ができて良さそうだな。

あとは急な谷になってる部分も一部だけ用意して、橋をかけてみたりしてもこれまたいい景色が作れそうだ。

滝もそのあたりに設置できるよう、川のルートを組むとするか。

逆に平地部分は、川の幅を広げて釣りでも泳ぎでもボート漕《こ》ぎでも何でも楽しめるようにしてと。

汽水域は駆け上がりと呼ばれる川底が斜面になっているような地形にして、魚が獲《と》れやすいスポットを用意しよう。

「あとは……」

十五分ほど試行錯誤して、俺は「これだ」と思える地形のアイデアを固めきった。

確か日本一大きなキャンプ場が100ヘクタールくらいのサイズだったことを鑑み、このキャンプ場の総面積は150ヘクタールくらいとすることに。

必要魔力量も定まったので、俺は設計したモデルの地形をしっかり頭に焼き付けてから、満を持して新たな離島に魔力を注いだ。

注ぎ終わって、ちょっと離れてみると……新たな離島は、超魔導計算機のアプリで表示されていたモデルと全く同じ形状に仕上がっていることが確認できた。

これで最初の基礎は完成だな。

次は環境作りと動植物の配置だ。

まず俺は、湖の離島へ行き……ウンディーネたち、そしてそこで一緒に遊んでいたハイシルフたちにこう言って誘った。

「さっき新しい離島を作ってな。その管理のために、何人かそっちに来てほしいんだが……誰か来たい子はいるか？」

「「はーい！」」

「「ぼくもー！」」

「「じゃあぼくもー！」」

誘いには、特に仲良しっぽく見えた三体のハイシルフと三体のウンディーネ、計六体の妖精《ようせい》が乗ってくれた。

とりあえずはこれだけいれば大丈夫か。

キャパオーバーっぽかったら追加で何体か来てもらうとして、まずはこの六体に環境整備をやってみてもらおう。

「ここがその新しい離島だ」

「「「わー！」」」

「「「おもしろいかたちー！」」」

キャンプ場の離島に移動してみると……六体のハイシルフとウンディーネたちは早速この場所を気に入ってくれたみたいだった。

俺はハイシルフたちに頼んで、一旦塩湖部分と川に十分な水が行き渡るくらいまで雨を降らせてもらった。

十数分経《た》ち、それが完了したら、動植物を放ったり植えたりしていくフェーズへ。

どんな生態系を作るかのコンセプトは、実はもうだいたい頭の中で固まっていて……俺はここに生息する動植物は全て「キャンプする者にとって有用な動植物」にしようと考えている。

具体的には、基本的にはどの動植物も食べられるものばかりにして、あとはプラスして炭火を手軽にゲットできるようにピュアカーボンツリーを適度に植えておいたり、案内役としてトレントあたりを数体置いておいたり……といったようなイメージだ。

せっかく理想のキャンプ場を作る以上は、中途半端にガチの自然に寄せるより、こういう天然じゃあり得ないくらいの楽園を作った方がロマンがあるってもんだろう。

とりあえず、最初は蟹からだな。

なんせ蟹こそが、この計画の発端なのだから。

俺はアイテムボックスからガンマクラブの死体を取り出すと、超魔導計算機でゲノムエディタを立ち上げ、遺伝情報を読み込んだ。

ビームを放つ特性の項目を見つけたらその特性を消去し、光の球を書き出してハイシルフに渡す。

「今からこの蟹を生きた状態にするから、この遺伝情報に書き換えてくれ」

「「「はーい！」」」

「よし、じゃあ……時空調律」

俺はガンマクラブの時を戻して生きた状態にすると、その状態でガンマクラブの時間を停止させた。

普段はこんなことしないんだが、こいつに限っては品種改良中にビームを放たれては厄介だからな。

品種改良が完了するまで全く動かないようにしておこうというわけだ。

「「「できたよー！」」」

ハイシルフたちが品種改良完了を報告したところで、ようやく俺は「時空調律」を解いた。

同じことを、もう一匹持ち帰った蟹にも繰り返す。

「この蟹たちが棲《す》むのに適するように、湖の部分の水質を調整してもらっていいか？」

「「「おっけーい！」」」

今度はウンディーネたちに依頼して、俺はガンマクラブに合う環境を整えてもらった。

「「「もういいよー！」」」

完了の合図があったところで、俺は二匹の蟹を塩湖に放流した。

そしたら次の生物だ。

蟹から始めたことだし、このまま流れで手持ちの魚介を放流していくとしようか。

「時空調律、時空調律、時空調律……」

ワカサギ、アジ、ウニ、海老《えび》、鮭《さけ》、鰹《かつお》……と、アイテムボックスに入っている魚介を何匹かずつ取り出しては生きている状態まで時を戻していく。

マグロは……キャンプで釣るにしてはデカ過ぎるよな。

カヤックで釣りをしてるところにマグロなんかが引っかかってしまったら、仮に釣り上げられたとしても転覆してしまうのがオチだろう。

でも、せっかくの美味《おい》しい魚をこのキャンプ場に組み入れないってのもな……。

――そうだ。

であれば、キャンプする人が釣るのに手頃なサイズまで、成魚の全長を品種改良で縮めてしまえばいいか。

普通なら、サイズダウンなどという非合理的な品種改良はまず行わないものだが……こういうケースでは適材適所ってやつだ。

ゲノムエディタに遺伝情報を取り込んでパラメータを書き換え、光の球をハイシルフに渡して上書き処理をやってもらう。

あ、でも、このサイズのマグロなんか釣ったら釣り人がリリースサイズだと勘違いしてしまいかねないな。

誤解を避けるためにも、「新種のマグロ発見！　小ぶりで気軽に釣るのにちょうどいい！」みたいな設定にしてパンフレットかなんかを作っておいた方がいいかもしれない。

てかこの理論なら、クラーケンも小ぶりサイズにして放流できるのでは。

「鑑定」

クラーケンに「デカくて力が強い」以外の脅威要素が無いかを確認した後、マグロと同じくゲノムエディタで上書き用遺伝情報を作ってハイシルフに処理してもらう。

そうして手持ちの全種類の魚介を放流できる状態にしたところで、俺はウンディーネたちに頼んで環境調整をしてもらった。

「こいつら全員が棲める水の環境にしてくれ。場所によって生息域を分けるとか、やり方はみんなに任せるから」

「「「はーい！」」」

調整が完了したら、ウンディーネたちの指示に従い魚介を放流していく。

「そのさかなはここにおろしてー！」

「了解」

「そっちのいかはここねー！」

「分かった」

とりあえず、これで水産物系は一旦《いったん》オーケーだな。

できればもっといろんなのが獲れるように、新たな品種の魚や貝とかも調達したいところだが、その前にまずは手持ちの植物を植えるのを先にやって、新規調達系は動植物全部ひっくるめて後でやるとしよう。

というわけで、次は植物だ。

こちらも手持ちの野菜とかをどんどん植えてくわけだが……水産物と違って位置を定める必要性があるので、どこに何を植えるかのシミュレーションを先にやったほうが良さそうだ。

俺は「テレパシーCAD」の画面に戻ると、アイテムボックスの中身と見比べつつ計画を立てていった。

まず、燃料はどこにいても手軽に調達できたほうがいいので、ピュアカーボンツリーは至る所に少しずつ生やしておいたほうがいいだろうな。

それを言いだすと他の植物も近場で全部調達できたほうが手軽にはなるんだが、流石《さすが》に碁盤の目状にエリアを細かく分けて畑を作ったりしたらキャンプ場っぽさが減って風情がなくなるので、そこまで極端にはしないほうがいいか。

ある程度は「あっちに○○を取りに行って……」みたいなことをやるのも、キャンプの醍醐味《だいごみ》だしな。

それを考えると、野菜とか米とか麦などに関しては、標高や川との近さなどをある程度自然の植生に倣う感じにするのがいい気がする。

あと、今アイテムボックスにあるのが全てじゃなくて、他にもうちょっと珍しい植物とかも調達して植えていきたいので……現時点ではそのスペースは空けておくとして、今アイテムボックスにあるものの配置はこんな感じでいいか。

構想が固まったら、俺は画面と睨《にら》めっこして配置を頑張って頭に入れた。

そしてアイテムボックスから種や挿し木用の枝などを取り出すと……「今決めた配置通りの場所に着け」と念じながらそれらを放り投げた。

流石に広さ的にも地形的にも撒《ま》いた種の種類の多さ的にも目視では全てを思い通りに配置できているか分からないが、まあ今までこの方法で失敗したことはないので心配する必要はないだろう。

雨やりは……新規調達植物も入手してきて、全部植えてからまとめてやるとして。

とりあえず、いろいろ手に入れに世界各地を東奔西走してみるか。


「ヒマリー、今いいかー？」

「どうしましたー？」

「ちょっと色んな場所に連れて行ってもらいたいんだが、俺を運んでくれるか？」

アパートに戻ると、俺は移動のためヒマリにそうお願いをした。

「もちろんですー。色んな場所って、どんなところに行きたいんですか？」

「海も山も川も……とりあえず自然という自然全てだな」

「な、なるほどー……。じゃあまずはどこからにします？」

「そうだな、じゃあまずは川からにするか。多種多様な川魚がいっぱいいそうな場所で」

「了解です！」

「ありがとう。定時全能強化」

最初の目的地を決めると、俺はバフをかけつつヒマリがドラゴンの姿に戻るのを待った。

「じゃ、私が知る限り一番生態系が充実してそうな川に連れてきますねー！」

変身が完了したヒマリに乗ると、ヒマリはそう言って猛スピードで飛び始めた。

それから約十分。

「この川とかどうですか？　上流から下流までが短いので、生息域がバラバラの魚も効率よく探せるかと！」

ヒマリおすすめの川に到着したので、俺はキャンプ場用の魚のサンプル探しを開始することにした。

さて、どうやって魚を捕まえるかだが……。

「超級錬金術」

即席で釣り竿《つざお》とルアーを作製し、ひょいと投げてみる。

一秒と経たずに手ごたえがあったので引き上げてみると、そこには鮎《あゆ》が一匹かかっていた。

「……やっぱりな」

これ、いけると思ったんだよな。

未経験の俺が適当に竿《さお》を投げたとしても、このDEX《器用》ならホイホイ釣ることができるんじゃないか。

それも、魚がいるところにちょうどピンポイントでルアーが到達してくれて、「投げる即引っかかる」くらいのペースで釣れてしまうのでは。

そんな希望的観測から試してみたら、見事にこれが大正解だった。

ヴィアリング海の時と違って「飛行」で泳ぐには浅すぎるよなと思ったが、これで魚をゲットできてしまうなら川でも楽勝だな。

俺は更に魚を集めるために、竿を投げては即引き上げてを繰り返していった。

「ふふ……上手《うま》いですね、その一風変わったダーツ。毎回毎回狙ったところに確実に魚がいるじゃないですか」

「ハハハ」

「ダーツ」と形容され、思わず俺は笑ってしまった。

確かに、今のこの状況は釣りというよりダーツと言ったほうが近いくらいかもな。

などと思っているうちにも、数十匹もの魚が積みあがっていく。

獲れたのは……鮎、イワナ、ヤマメ、スズキがそれぞれ数匹ずつか。

「鑑定、鑑定、鑑定……」

確かめたところ、どれも雌雄二匹ずつ以上は釣れていることが分かったので、一旦この場所での釣りは終わりとすることにした。

冷却魔法で仮死状態にしてアイテムボックスに放り込んだら、上流、下流と場所を変えて再度釣り開始。

先ほど釣れた魚に加えニジマス、カワアナゴ、ハクレンも数匹ずつ手に入ったところで、川魚の調達は終了とすることにした。

「じゃあ次は……海にしてくれ。とりあえずは前、鰻《うなぎ》と海苔《のり》を取りに行った場所でいいかな」

「了解です！」

再び移動を開始し、しばらくして見覚えのある海に到着。

まず来たのは海苔を取った岩礁地帯のほうだったので、俺はここでは海藻や貝類を探していくことに決めた。

おっ、これは……ワカメか？

近くにヒジキも昆布もあるぞ。

全部とっていこう。

あとは何か、手頃な貝があればいいが……おっ、マツバガイみっけ。

こっちにはサザエが。

クロアワビに……牡蠣《かき》もあったぞ。

牡蠣は美味しいけど、食中毒の筆頭といっても過言じゃないような貝だからな。

念のため、ペガサスアペンドにして食中毒リスクをゼロに品種改良しておくか。

……どうせそれをやるなら牡蠣に限らず全部やった方が確実だし話が早いな。

てかこの岩礁……海苔を取りに来た時は気にもかけなかったが、ちょっと向こうまで行けば砂浜に繋《つな》がっているな。

そっちでももう少し貝を探すか。

砂浜の貝といえば……よしよし、アサリとシジミゲット。

他には何か……おっ、ハマグリもあるぞ。

あっちにもこっちにも……結構数は見つかるから、雌雄数匹ずつ調達するのは難しく無さそうだ。

そんな調子で探し続けること十数分、十分な量の海藻・貝類を手に入れた俺は、次の場所に移動することにした。

「ここはもういいから、鰻のあたりまで頼む」

「了解です！」

到着したら、「飛行」スキルを用いて海中探索へ。

食べれる深海魚とか熱帯魚とか、そういう珍しいのをある程度揃《そろ》えられたらいいな。

まずはチョウチンアンコウを一匹捕まえて、光源を確保。

コイツ自体を塩湖に放流するのもアリだな。

「定時全能強化」

バフで光量を上げて探しやすくし、更に探索を続けていく。

あれは……メヒカリか？

一応捕まえておこう。

ナイフで一突きして締め、アイテムボックスに入れて次を探す。

そうしていると……次は、獲物の方からやってきた。

目の前に現れた魚が勢いよくこっちに向かってきたかと思うと、俺が手に持っているチョウチンアンコウに噛《か》みついてきたのだ。

普通なら捕食できていたところなのだろうが、生憎俺の光源用チョウチンアンコウは「定時全能強化」で物理的な硬さも増しているので、逆に噛みついてきた魚の歯が折れる結果となってしまった。

この見た目は……ピラニアか。

危険なので放流はナシってことで放置……いやでも、食用は食用なので品種改良で攻撃力をなくせば生態系に加えるのもアリか？

最終判断は一旦措いとくとして、俺はピラニアも締めてアイテムボックスに入れておくことにした。

それからもしばらく似たような水深で泳ぎ続け……ナイルパーチなども見つけつつ、それぞれの魚を雌雄二体以上ずつゲットしていった。

水深を変えてもっと探してみると、キンキやノドグロも見つかったのでそれらも手に入れておくことに。

そこいらでそろそろ十分なバリエーションは確保できたかと思ったので、俺は海の魚を探すのを切り上げることにした。

「ここももう大丈夫だ。じゃあ次は、陸地をいろいろと回ってもらえないか？　食用の実がなる木とか山菜とかを集めたくてな。行き先は必ずしも山じゃなくていい」

「オッケーでーす！」

我ながら雑だとは思いつつも、そんな指示を出し、ヒマリの赴くままに連れて行ってもらう。

「ここどかどうでしょう？」

「おっ、いいね」

まずヒマリが立ち寄ったところにはオリーブの木が生えていたので、俺は実をある程度拝借していくことにした。

「じゃ、他の場所も案内しますね～」

「ああ、助かる」

ヒマリに連れられて転々としていく中で、俺はアーモンド、山椒《さんしょう》、栗《くり》、梨など食用の木の実を着実に集めていった。

山では、たらのめ、ふきのとう、ウド、わらび、ニリンソウなど山菜も多種多様なのをゲットすることができた。

「確実にニリンソウだけが生えてる場所がある」ってのは、もしニリンソウ好きな人がいたら天国かもしれないな。

全て人工的に植える以上、俺のキャンプ場では間違えてトリカブトを取ってしまう確率はゼロなのだから。

「ありがとう。だいたい揃ったから、あとはもう浮遊大陸に向かってくれ」

「分かりました～」

食用動植物の調達についてはもう十分だと思ったところで、一旦《いったん》ヒマリにはそう指示して帰還することにした。

「到着でーす！」

「ありがとう。ちょっとそこで待っててな」

浮遊大陸上空で静止してもらうと、俺はキャンプ場の離島ではなく楓《かえで》の離島に向かって飛び降りた。

目的は一つ。

「ビット、ちょっと今いいか？」

「もちろんスよ！」

「トレントが群生してる場所とかって……目星つくか？」

「……へ？」

それは、案内役の確保だ。

俺はキャンプ場のお客さんの道案内などをしてくれる、ゲームでいうところのＮＰＣ的な役割としてトレントを配置しようと思っているが……そのためのトレントはまだ集められていないからな。

それを探したり、仲間にするのを手伝ってもらおうと思い、こうして協力を仰ぐことに決めたのだ。

トレントの群生地だけならヒマリの方が詳しいかもしれないが、上位種でもない普通のトレントがどれくらいの知性かも分からないし、もしかしたら「他の生物の言うことは一切聞かないがキングトレントは先輩のように慕う」みたいな習性がある可能性もある。

わざわざ一旦浮遊大陸に帰ってもう一回出直してでも、連れていく価値は大いにあるだろう。

「目星ならつくっスけど……どうすればいいスか？」

「その場所をヒマリに伝えて案内してくれ」

俺はビットを担ぐと、「飛行」で上空で待つヒマリのところまで移動し、乗せた。

ビットが目的地を指示すると、ヒマリが飛んでそこに俺たちを連れていってくれる。

「ここです！」

ヒマリが静止した場所の真下にある森は……明らかに他と雰囲気が違っていた。

ほとんどの木は枯れていて、点在する緑の葉が生い茂った木は、無風にもかかわらずユッサユッサと揺れ続けている。

確かに、見るからにトレントだらけの森だ。

「アイツらを仲間に入れたくてな。ちょっと、説得してきてくれないか？」

「承知したっス！」

ビットが森に降り立つと、その地点に緑の木々がいそいそと集まってきた。

流石はキングトレントというだけあってか、たとえ見ず知らずの相手であっても通常種のトレントからは慕われやすいようだ。

しばらくすると、ビットは上空で待機している俺たちに向かって手を振った。

「みんな仲間になるってことで納得してくれたっスよ！　なんでもこの森も木々が枯れて久しくって、収納内の樹液も底を突きかけてて途方に暮れてたところだったらしいス！　救いの手が差し伸べられるなら何でもするらしいス！」

「そうか。説得ご苦労さん」

仲間化も確定したので、俺はこのトレントたちにこれからやってもらいたいことを説明することにした。

「みんなにやってもらいたいことはただ一つ……これから案内する山林にやってきた人の質問に答えることだ。『アーモンドの木ってどこですか？』と聞かれたら方角と距離を答えたりとか、まあそんなイメージだな。やってもらえるか？」

しかし……説明してもトレントたちから返事はなく、ただユッサユッサと幹を揺らされるのみだった。

「……あれ？」

「あの、トレント、通常種は発話できないんスよ。みんな『可能なら力になりたかった』って言ってるんスけどね……」

おっとこりゃ失敬。

なんで仲間になるのには前向きなのに返事はないのかと思ったら、喋《しゃべ》る能力がなかったか。

まあ業務内容に納得さえしてくれているのであれば、そのへんの問題は品種改良でどうとでもなるし、特に問題はないな。

「その問題なら俺が解決するから安心してくれ。じゃ……来てもらおうか」

俺はトレントたちに、ヒマリに乗ってもらうことにした。

「巨大化」

いくら巨大なドラゴンとはいえど、流石に何十体ものトレントが乗るほどのスペースは無いので、サイズをデカくしてみんなが乗れるようにする。

「ヒマリ、こんなにたくさん乗ってて重かったりしないか？」

「大丈夫ですよー！　なんせマサトさんがかけてくれてるバフが強力なんで！」

ヒマリはそう答えると、慣性力でトレントを振り落としてしまわないよう気を付けながら出発してくれた。

そして十数分後、俺たちはまた浮遊大陸に戻ってきた。

キャンプ場の離島に降り立った俺は、まず品種改良からやっていくことに。

ピラニアは「主食」のパラメータをいじって肉食から草食にして、貝類にはガルス＝ガルス＝フエニックスにやった時と同じように遺伝情報合体を施し、ペガサスアペンド化させた。

トレントたちに関しては、ビットのパラメータとの差分を出したりしながら発話に関するパラメータを見つけ、どうせなら「自動言語通訳」がなくともはなから人語を話せるようにそれらの値を調節した。

それぞれの遺伝情報を光の球として書き出したら、ハイシルフたちに渡して遺伝情報の上書き処理をやってもらう。

「できたよー！」

「こっちもー！」

「ぼくのほうもー！」

全て完了したところで、俺は改めてトレントたちに話しかけてみた。

「みんな、さっき言った頼み、引き受けてもらえるよな？　もちろん、生きるのに必要な分の樹液はちゃんと用意してあげるから」

「も、もちろんです！」

「我々を生命の危機から救ってくださったこと、一同いたく感謝しております」

「「「ありがとうございます！」」」

すると今度は、みんな流暢《りゅうちょう》に俺に分かる言語で話してくれた。

まあ厳密には、俺⇕トレント間だと日本語⇕この世界の人語の通訳はかかっているので、全く通訳の影響なしに言葉が通じ合っているわけではないのだが。

そこを改めて検証したければ、ミスティナが来たタイミングででも話してもらえばいいだろう。

「じゃあみんな、それぞれの定位置を教えるからもう一回このドラゴンに乗ってくれ」

『「「承知しました！」」』

キャンプ場の離島を俯瞰《ふかん》しつつ、「どの位置に配置されるトレントから見たら何がどこにある」みたいなことを一通り説明すると、一体ずつ指定の場所に降ろしていく。

これで案内役についてはやることは全て完了だ。

あとは、調達してきた動植物のセットをやってかないとな。

「みんな、この魚や貝類も共存できるように、もう一回環境を調整してもらえないか？」

俺はアイテムボックスから調達した魚介を全て取り出してウンディーネたちに見せつつそう頼んだ。

『「「おっけ〜い！」」』

「時空調律、時空調律、時空調律……」

環境調整が済んだら、魚や貝に関しては生きてた状態に時を戻しつつ、ウンディーネたちが示す場所にどんどん放流していく。

それが済むと、一旦俺はキャンプ場の離島を離れ、本島に移動した。

植物類に関しては、キャンプ場にばら撒《ま》くには種子の数が足りてないからな。

一旦育てて数を増やしてから、その種をキャンプ場に撒こうって算段だ。

DEX《器用》任せ法で種を撒き、ハイシルフたちに成長促進剤400HA1Yとクールタイムスキッパーを渡しつつ、こう依頼する。

「みんな、雨よろしく」

「「「りょーかーい！」」」

木々や山菜類が良い感じに育ったら収穫し、これでも数が足りないものに関してはこのプロセスを繰り返し、それぞれ種子を必要量確保していった。

それが済んだら再度キャンプ場の離島に戻り、これまたＤＥＸ任せ法で今しがた得た種子を撒く。

「みんな、もう一回雨やりを頼む。成長促進の具合としては……それぞれの植物が、食べれる実とか種とかを身に付ける寸前のところくらいまでで」

「「「は〜い！」」」

ハイシルフたちが雨を降らせると、それまで土の色一色だった離島の土地は瞬く間に緑豊かな大自然へと変貌《へんぼう》した。

水産物に関しても、海藻類は成長促進剤の直流しで数を増やし、魚や貝に関しては海老《えび》を配合飼料にするやり方で数を豊富にした。

「ふぅ……」

ちょっと疲れたけど、こだわり抜いて満足の行くキャンプ場を作ることができたな。

試しに自分たちで使って満喫するのも、客を呼んで利用してもらうのもどっちも楽しみだ。

◇◇◇

それからしばらく、俺はしっかり体も動かしたことだしと思い、アパートに戻って仮眠を取っていた。

が、その眠りからは、いつもだと考えられないくらい早く目覚めてしまった。

理由はシンプルに、「せっかく完成したんだから早くキャンプ場で遊びたい」というワクワクが抑えられなかったからだ。

別に開園の日なんて完全に自分の一存で決めれるんだし、今日にこだわらずとも明日ののんびり朝からキャンプを満喫すればいいだけの話なんだが……そんな理屈は楽しみを先延ばしする根拠にならないっつうかな。

どうも最近、なんだか自分が子供の頃の精神性に近づいていってるような気もする。

こちらで生活しているうちに、ようやく社畜の頃の毒が抜けてきた……ポジティブに捉《とら》えるとそんな感じだろうか。

何にせよ、起きてしまったからには、とりあえずヒマリや妖精《ようせい》たちとだけでもいいからちょこっとエンジョイするとしよう。

考えるより先に、俺の足は浮遊大陸へと向かっていた。

といっても、最初にやってきたのはキャンプ場の離島ではなく、畜産をやっている離島だ。

まずはここで、焼肉ができるようねぎまとカルビを準備していく。

カルビっつっても、不動明王からとれる肉はどこの部位を使っても同じ味なんだがな。

もちろん、最高級の部位の味なので、そのことについては何の不満もないが。

ある程度、大皿に山盛り乗るくらいのねぎまとカルビができたら焼肉のタレ作りへ。

醤油《しょうゆ》、砂糖、酒、みりんに「超級錬金術」でメイラード反応を起こさせて作った即席のあめ色玉ねぎのみじん切りなど材料を合わせていって、良い感じの味に仕上がったところでボトルに詰めた。

肉以外はだいたい現地調達できるので、これだけ準備したらいざヒマリを呼んでキャンプ場の離島へ。

常駐しているハイシルフに会うと、俺はここの動植物の一部が成体になるところまで成長段階を進めてもらうために、申し訳程度の成長促進剤を渡して雨を降らしてもらった。

「マサトさん、ワタシは何をすればいいですかー？」

「何をするってか……シンプルにここで遊ぼうぜ」

「……へ？」

ヒマリは何か移動や作業などを頼まれると思っていたらしく、「遊ぼう」と言うと拍子抜けしたような表情を見せた。

「あ、遊ぶって……？」

「なんで俺がこの離島をこんな設計にしたと思う？」

「そういえば……何ででしょう？　マサトさんのことですし、何か深い考えがあって、とか？」

「いやいや、別にそんなんじゃないぞ。俺はただ、自然環境を模したレジャー施設を作りたかっただけだ。狩猟や採集のゲーム化……とでもいうかな」

「な、るほ……ど？」

そういえば何でこの離島を作ったかを説明してなかったなと思い、簡単に理由を話してみるも、まだヒマリはピンと来ない様子。

……冷静に考えたら、生涯の大部分を自然の中で暮らしてきた、天敵が存在しないドラゴンという生き物からすれば生活そのものがキャンプみたいなものだろうし、「これが人間の遊びなんだ！」と言ってもなかなか感覚的にすんなりと入ってはこないか。

とすれば、言葉で説明するより実践から入ったほうがいいかもしれない。

例えば釣りとかは……ドラゴンは普通そんな魚の獲り方をしないだろうし、丁度いい感じに縛りプレイになって「ゲーム感覚の狩猟・採集の醍醐味《だいごみ》」を知るのに持ってこいなのでは。

「超級錬金術」

俺はボートを錬成し、川に浮かべた。

そしてアイテムボックスから釣竿《つりざお》を取り出し、ヒマリに渡す。

「やってみれば楽しさが分かるさ。さっき、俺がこれで魚獲るのを見てただろ？　あんな感じで、ヒマリもちょっと試してみないか」

「え～、ワタシにできますかね～」

「なあに、ヒマリならすぐにコツを掴《つか》めるさ」

ヒマリは竿《さお》を受け取ると、俺がやったようにひょいと振り、針とルアーを遠くに着水させた。

そして――次の瞬間、ヒマリはずんずんと糸をたぐっていった。

が……針の先には、魚はかかっていなかった。

「ちょっと狙いが悪かったみたいですねー。もう一回、魚の気配を読んで——えいっ！」

「ちょっと待て」

あ、そうか。

ヒマリ、俺のさっきの釣りだけ見て、釣りをダーツ的なものと勘違いしてしまってるんだった。

ヒマリならいずれそれもできるようになるかもしれないが……今教えたいのは、それじゃないいんだよな。

「あーえっと……俺の説明が足りてなかったな。さっきの俺の魚獲りで勘違いしてるかもしれないが、釣りってのは本来『魚めがけて針を投げる狩猟』ではないんだ。本来はこうやって……」

俺はヒマリから一旦《いったん》竿《さお》を返してもらうと、「三分後くらいに魚がかかりますように」と念じながら投げた。

「ヒマリも見てたと思うけど、これの糸の先には針だけじゃなくて、魚の餌の形をした物体もついてただろ？　釣りってのは、その餌もどきに魚が食いつくまで待って、食いついたタイミングで引っ張って針に引っ掛け、捕まえるっていう狩りの方法なんだ。そのために大事なのは、魚が食いついてその振動が竿に伝わって来るまで待って……」

そこまで説明し、しばらく待つ。

言った通り、竿に震えが伝わってくると、俺は勢いよく竿を引いた。

「『ここだ』と思ったタイミングで引き上げるんだ。そうしたら、こんな感じで魚がついている」

「なるほど、そうだったんですね！　実際はダーツをやっていたのではなく、マサトさんの異常なまでの精緻《せいち》さ故に『待ち』を極限まで短縮できていただけだった、と……」

ヒマリは納得した様子で手をポンと叩《たた》いた。

「じゃ、ワタシ改めてやってみます！」

ヒマリは竿を受け取ると、ひょいと振って遠投した。

それから数分間は、何の音沙汰《おとさた》もない時間が続いたが……チャンスは突如としてやってきた。

「あ……今なんか来たような……！」

ヒマリはそう呟《つぶや》くや否や、ものすごいスピードで糸をたぐり始めた。

「かかってました！　やったあ！」

その針の先には……そこそこ大きめのサイズの鮎《あゆ》が一匹かかっていた。

「おお、凄《すご》いな。初めてにしてはなかなかやるじゃないか」

「へへ～ん。いずれはマサトさん目指して、秒で釣れるように頑張りますよー！」

成功体験のおかげか、俄然《がぜん》やる気を出すヒマリ。

もう一度竿を投げると、今度は三分くらいでヤマメを釣り上げ……その後は何回も繰り返すごとに、どんどん一匹釣り上げるのに要するタイムを縮めていった。

無我夢中で釣りに没頭すること約二十分。

「そおれっ……来た！」

ついにヒマリは、ノータイムで投げた瞬間魚を食いつかせ、釣り上げることに成功した。

「やった、やっとできました！　どーですかマサトさん！」

よほど嬉《うれ》しかったのか、子供のようにはしゃぐヒマリ。

「おお……よくできたな」

「マサトさんのお付きのドラゴンたるもの、このくらいできないとですからね！」

いや、別にそんなことはないと思うが。

まあでも、本人が楽しんでくれているならそれが一番だな。

「てか……マサトさんの言う『遊んで楽しむ』って、こういうことだったんですね。確かに、魚の獲り方一つとっても、こういう要素を一つ加えるだけで凄く新鮮でした！」

「そうか……それは良かった」

ヒマリもキャンプの真髄が分かってきたようだし、どんどん上達してくれたおかげで魚も十分に集まってきた（というかこれ以上獲るともっかい養殖をやり直さないといけなくなりそう）ので、そろそろ食べるほうにシフトするか。

「じゃ、ピュアカーボンツリーでもサクッと集めて、釣った魚をたべようぜ」

「やった〜！」

俺たちはカヤックを漕《こ》いで岸に戻った。

そして、案内能力の検証も兼ねて近くのトレントに最寄りのピュアカーボンツリーの場所を聞くと、そこに行って何本か枝を拝借した。

「超級錬金術」

バーベキューコンロを即席で錬成したら、そこにピュアカーボンツリーの枝を適当な長さで折ってくべる。

着火は……どうせならナノファイアだのヒマリのブレスだのではなく、もっとサバイバルでありがちな手法でやるとするか。

そっちのほうが雰囲気が出るし。

「超級錬金術」

続いて俺は着火剤及びマグネシウムでできた棒、そしてナイフを錬成した。

着火剤はピュアカーボンツリーにかけ、その上でマグネシウムでできた棒をナイフでこする。

すると……勢いよく火花が散り、着火剤に引火してボウっと燃え始めた。

「い……今のは何ですか？」

「ファイアースターターって言ってな。俺の故郷ではよく使われていたものだ」

……いや、正直ファイアースターターが日本でどれくらいメジャーだったかは定かではないが。

まあでも、アウトドア界隈《かいわい》ではそれなりに知られてるアイテム……だったはずだろう。

「面白い道具ですねー。人間の知恵って、見ていて飽きないです！」

「ハハハ」

火もちゃんと着火剤からピュアカーボンツリーに移ってきているようだし、いよいよ食材を焼いていくとするか。

最初はやっぱ、焼き鳥からか。

俺はコンロに網を乗せ、その上に十本ほどのねぎまを並べた。

今のうちに、魚のほうも焼く準備をやっとくか。

俺はヒマリが釣った魚のうち、小ぶりな鮎を何匹か見繕うと、それらを塩で揉《も》んでいった。

そして串《くし》に刺したら、ヒレに盛り塩をつけていく。

そんなことをしているうちにもねぎまからいい感じの焼けた匂いがするようになってきたので、俺は焼き目がついているのを確認しながら裏返していった。

裏面にも火が通ると……。

「よし、もう食べ頃だぞ」

「わーい！　待ってましたぁ～！」

俺の合図と共に、うずうずしながら待っていたヒマリが嬉々《きき》として串を手に取った。

俺も焼き目がしっかりめについているやつを一本手に取る。

「「いただきまーす！」」

挨拶《あいさつ》をすると、即座に一口目を口に運んだ。

「……うむ」

鶏のプリプリ感と、焼けたネギの食感が絶妙にマッチしていてやみつきになるこの感覚。

「ふひょーっ！　マサトさんのもとで森羅万象の美食を食べ尽くしたと思いきや、まだこんなものがありましたとはなぁ～！」

ヒマリも大層気に入ってくれたようだ。

空いたスペースでさっき串を通した鮎を焼きつつ……そうだ。

「君らもこれ、一本ずつどうだ？」

今日頑張ってくれたお礼にと思い、俺はこの離島に常駐してくれることになったハイシルフたちにもねぎまをあげることにした。

当然ウンディーネたちにも、霊媒をかけてから塩湖に呼びに行って渡す。

「「「いただきま～す！」」」

ハイシルフたちとウンディーネたちは、まるで乾杯でもするかのようにねぎまを突き合わせてから口に運んだ。

「うまいね～！」

「ほっぺがおちる～！」

「おいし～！」

「しあわせ～！」

満面の笑みでほっぺを膨らませながら、はむはむとねぎまを頬張るハイシルフにウンディーネたち。

また網の上のスペースが空いたので、次は焼肉といくか。

俺はカルビをアイテムボックスから取り出すと、一枚一枚網の上に並べていった。

「超級錬金術」

その間に紙皿を十六枚用意し、うち八枚に焼肉のタレを注いでいく。

両面がいい感じに焼けたら、俺はカルビを残りの八枚の紙皿に取り分けていった。

早速、タレをつけて一枚口に運ぶ。

「……おおっ」

流石に最高級の部位というだけあって……その味わい・肉質は前世の焼肉屋で食べていたものとは比べ物にならないくらい上質だった。

おそらくこのレベルのは、前世で食べようと思ったら銀座の高級な鉄板焼きの店に大枚をはたいて行くしかなかったことだろう。

「うんま〜い！　最っ高です！」

「とろけるおにく〜！」

「あまからくていいね〜！」

「おいしぃ〜！」

これまたヒマリもハイシルフやウンディーネたちも、みんな気に入ってくれたようだ。

次はまたカルビ……いや、もう一回ねぎまを行くか。

しばらく俺たちは、時間を忘れて焼肉パーティーに熱中した。

ちょうど味変が欲しいかなという頃になって、端のほうで焼いていた鮎が食べごろになったので、一本拝借して口に運んでみる。

「……美味い」

程よい塩味と旨味を内臓のほんのりした苦味がアシストしてくれて、口の中にクセになる風味が広がった。

「どれどれ～。……おお、これは結構オトナな味わいですね～」

「ハハ、内臓は取った方が良かったか？」

「いえいえ！　こういうのもあるからこそ、マンネリを防げてまた肉を楽しめるってもんですよ！」

それからも、カルビやねぎま、そしてヒマリが釣った別の魚を焼いて食べ……気づいたら時は夕方、店の開店準備に入る頃となっていた。

「あ……じゃあワタシ、そろそろ店の方に行きますね！」

ヒマリはそう言って、離島を出発しようとする。

うーむ……張り切って時間の少ない中キャンプを始めたはいいものの、ここでお開きとするのはちょっとまだ物足りないな。

……そうだ。どうせなら、ミスティナもここに呼んでキャンプファイヤーでも続けるか？

そうすると店はどうなるんだという話だが、これについては一個、解決できそうな仮説を思いついている。

俺は瞑想《めいそう》を開始し、稲妻おじいさんを召喚した。

『おお、呼んでくれたんじゃの。ホーリーパールの進捗《しんちょく》が聞きたくなったか？』

「いや、それは流石にまだだと分かっている。そうじゃなくて……ちょっともう一回、神界に連れてってほしい」

そして俺はそうお願いし、稲妻おじいさんと共に神界に移動した。

俺の考える、ヒマリもミスティナもなしで店を回す方法はこうだ。

まずキッチンについては、「本日は店主の都合により定番メニューだけのご提供となります」みたいな張り紙でもしておいて、調理担当のハイシルフたちだけで回す。

そしてホールは、稲妻おじいさんを召喚してやってもらう。

ただしこれには、現在の俺だと稲妻おじいさんを人間界に滞在させられる時間が極めて短いという問題がある。

流石に今日すぐに自身の神通力量を何十倍にも増やすことは不可能だし、かといって滞在限界が来るたびに何度も召喚などしていては俺がまともにキャンプ場の離島にいられない。

何らかの方法で神通力量増加無しに稲妻おじいさんの滞在時間を延ばさないことには、この作戦は破綻《はたん》するのだ。

だが、俺はその「神通力量増加無しでの稲妻おじいさんの滞在時間増加」について、一つ希望を見出している。

それは……「クロノスに頼んで、単位神通力量あたりの神の召喚可能時間を延ばしてもらう」というやり方だ。

クロノスは前「俺が時空調律を行うたびに事務処理をしていた」と話していたし、もしかしたらそういったことも可能にする手続きが何かしらあるのではないか。

俺はそう踏んでいる。

「クロノスって今どこにいる？」

「うむ……あやつはあの方向に突き進んだ先にある家におるな」

居場所を聞くと、稲妻おじいさんは一方向を指差しながらそう言ってくれた。

「ありがとう」

俺はその方向に向かって走り、クロノスの家を探した。

ものの数分で家は見つかり、ドアをノックするとクロノスが顔を出してくれた。

「おや、また来てくれたんだね」

「ああ。一つお願いがあるんだが……神の召喚可能時間って、何かしらの手続きで変えたりすることってできるか？」

中に入れてもらいながら、俺は単刀直入に用件を口にした。

「うーん、ちょっと待ってね……」

クロノスはそう言うと、分厚いマニュアルっぽい本をパラパラと捲《めく》り始めた。

数十秒後。

クロノスは申し訳なさそうな表情でこう言った。

「申し訳ない。一応、僕が扱うシステムにそういう機能はあるんだけど……ちょっとそれは使えなくてね」

「……使えない？」

思ってなかった返事に、思わず俺はそう聞き返した。

できるとかできないとかじゃなくて、「やり方は存在するけど使えない」なんてことがあるのか。

困惑していると、クロノスは詳しく説明してくれた。

「その機能……本当に恥ずかしい限りなんだけど、僕には権限が解放されてないんだよね。このシステムは先代の頃に作られたもので、時空管理能力の高さによってどこまで権限が解放されるかが決まる仕組みになってるんだけどさ。僕はまだ最上位の『特別権限XX』が解放されるレベルじゃないんだ……」

……そういうことなのか。

それは惜しいな。

「そういうことなら仕方ないさ。ありがとうな、調べてもらって」

俺は諦《あきら》めて帰ろうとした。

が、家を出ようとしたその時、クロノスが俺を呼び止めた。

「……待って！」

「どうした？」

「いや、あるかもしれない。……『特別権限XX』を解放する方法」

おっ、そんな方法があるのか。

「どんな方法だ？」

「ガンマクラブ祭が始まる前にさ、僕、『他のみんなの時間操作能力は僕の特別権限で一時的に無効化してあるんだけど、君だけは何回試しても制限をかけられなかった』って言ったよね。例えば……君がこのシステムのゲストアカウントを作ったら、君に『特別権限ＸＸ』がついたりしないかな？」

期待して尋ねてみると、まさかの答えが返ってきた。

いや……それ、ありかよ⁉

そもそも神のシステムをいじる権限が人間の俺についちゃっていいのか。

「ほら、試してみてよ！」

クロノスは意気揚々と指紋認証装置のような形の道具を持ってきた。

ちょっと気が引けるが……こちらからお願いしに来た上にクロノスがここまで乗り気になってるなか、試さないというわけにもいかないな。

「じゃ、じゃあ……」

俺はその装置に指を押し付けた。

すると……数秒後、ピロンという音が鳴った。

「登録できたみたいだね。じゃ、君の権限を確認するね」

しばらくカタカタとシステムをいじるクロノス。

せわしなく動いていた彼だったが……数秒後、その動きはぴたりと止まった。

「……どうした？」

気になって聞いてみると……今度はクロノスは身体《からだ》をわなわなと震わせだした。

「い、いやこれは……流石に想定外だった。『特別権限XXX』が……先代自身すらも『自分ももっと成熟するまで封印する』といって権限付与されなかったあの『特別権限XXX』がついてる……！」

……は？

あまりの展開に、一瞬俺は頭が追いつかなかった。

「……どう違うんだ、それ？」

「そうだね……一部能力に制限があるか、全く無いかの違いだね。例えば君がやりたい『召喚時の神の人間界滞在可能時間増加』で言うと、『特別権限XX』だと滞在時間を二十倍に増やすのが限界なのに対し、『特別権限XXX』なら完全に無制限にすることだってできる。あまりに無秩序すぎるから、先代さえも自分では使えないようにしたんだよ」

とりあえず具体的な違いを聞いてみると、クロノスからはそんな答えが返ってきた。

「まあ君の場合、ゲストアカウント自体が二十四時間で切れてしまうから、厳密には二十四時間が実質的な限界になるんだけどね。それで大丈夫かい？」

「ああ、大丈夫だ。というか……十分すぎるくらいだ。ありがとう」

夜までもう少しキャンプを続けたいとはいえ、徹夜までする気は無いからな。

しかし二十倍では十分な増加量かというと微妙なところだったから、XXXまで解放されてくれたのはありがたい。

俺はクロノスの指示のもとシステムを操作し、召喚時の神の人間界滞在可能時間を無限に引き延ばした。

「ありがとう。無茶な頼みにもかかわらず付き合ってもらって申し訳ない」

「いやいや、全然いいんだよ。僕も『特別権限XXX』の行使を実際に見れるいい機会になったしね」

別れの挨拶《あいさつ》を済ませると、俺は元来た方角に戻って稲妻おじいさんのところに帰ってきた。

そして人間界に送ってもらい、一旦《いったん》権限変更前の召喚の効果が切れて帰った後、改めて召喚して稲妻おじいさんが今から二十四時間人間界に滞在できる状態にした。


稲妻おじいさんにホールを頼むと、ミスティナに事情を説明し、一緒にキャンプ場へと移動する。

「そういえば……昨日例のお祭りに参加されたんですよね。無事優勝はできたんですか？」

「ああ、無事できたよ」

「良かったですね！　やっぱり神が相手だと手強かったですか？」

「うーん……。一応2位にダブルスコアはつけれたな」

「そんな大差で勝ったんですか!?　優勝まではある程度予想してましたが……そんなどころではなかったんですね……」

そんな話をしている間にも、俺たちはヒマリやハイシルフ、ウンディーネたちが待つ場所に辿《たど》り着《つ》いた。

「ちなみに主催者の計らいで、祭の討伐対象だった蟹《かに》も拝借してきてるぞ。もちろんそのままでは危ないので、品種改良してビームは出せないようにしてるがな」

「ほ、本当ですか！　わざわざ持って帰ったってことは……めちゃくちゃ美味しいんですか？」

「ああ」

「是非食べてみたいです！」

丁度この話にもなったし、夕飯はみんなで蟹釜飯《かにかまめし》にしようか。

塩湖からガンマクラブを一匹獲ってきて、ピュアカーボンツリーの枝でキャンプファイヤーの井桁を組み、釜《かま》をセットして火をつけた。

今回は神界の時と違って、近くに生えていた三つ葉も入れて少し緑を足している。

釜の素材を「超級錬金術」で変えて火の通りを調節しながら炊くこと数十分……だいたいいい感じになったであろうところで火から下ろし、蒸らしてから釜を開けると完璧《かんぺき》につやつやに仕上がった蟹釜飯が姿を現した。

釜の中のご飯を全員分よそうと……。

「「「いただきまーす！」」」

挨拶をして、みんなそれぞれにご飯を口に運んだ。

うん、神界で食べたのも十分美味しかったけど、やっぱり三つ葉のシャキシャキ感があるとより良く調和が取れてていいな。

「うみゃ〜い！　マサトさんったら、こんな美味しいもの神界で先に食べてたんですか〜」

「おお、この食感は……！　ここまで身がプリプリした上質なものは生まれて初めてです！」

ヒマリはガツガツとご飯をかきこみながら、ミスティナは一口一口噛《か》みしめるように食べながら、それぞれそんな感想を口にした。

このままだと、いつものようにみんな早々にご飯を食べ尽くしてしまいそうだな。

……そうだ。

せっかく今もキャンプファイヤーの火が轟轟《ごうごう》と燃え盛っているんだし、ちょっとした余興でもするか。

「なあみんな……炎って、色変えられるの知ってるか？」

「「……へ？」」

「超級錬金術」

俺がそう唱えると──一瞬にして、キャンプファイヤーの炎が淡い紫色に変色した。

「「な、なななな何ですか今の……？」」

よほど驚いたのか、ヒマリとミスティナの声がハモる。

何のことはない。

今俺は、炎の中に少しばかりカリウムの粉末を散らしただけだ。

「今のは炎色反応と言ってな、炎の中に特定の金属を入れると炎がその元素特有の色に変わるんだ。こんなこともできるぞ、超級錬金術」

続いて俺は、リチウム、ナトリウム、カリウム、銅、カルシウム、ストロンチウム、バリウム粉末が順に生成されるよう念じながらそう唱えた。

すると……炎の色は、赤、黄、紫、緑、橙《だいだい》、紅、黄緑の順に変化した。

「うおおお、綺麗《きれい》ですー！」

「炎の色って、こんなに何種類もあったんですね……」

揃《そろ》いも揃って食い入るように炎を見つめる二人。

楽しませることができたようで何よりだ。

こんなに好反応を見せてくれるなら……ついでにちょっと、応用編もやって見せるとするか。

「これを使うと、こんなこともできてだな。……超級錬金術」

俺は花火玉を錬成した。

少し離れたところまでそれを持っていき、導火線に火をつけて急いで戻ってくる。

すると……ヒュ～と音を立てながら火の球が空に上がり、一瞬間を置いてパァンという音と共に菊形の花火が炸裂《さくれつ》した。

「「き、綺麗……」」

息を呑《の》み、一言発した後に完全に無言となる二人。

俺もなんか、久しぶりに見るともっと見たくなってきたな。

「超級錬金術」

俺は更に数百個の花火玉を錬成した。

それぞれ導火線の長さを変えていて、全部に火をつけたら時間差で何十分かにわたって花火が打ちあがり続けるようにしてある。

それをさっきの場所まで持っていくと、火をつけて席に戻り、俺も鑑賞するモードに入った。

直後から、様々な形状の色とりどりの花火が空を彩り、破裂音が心地よいリズムを生み出し続けてゆく。

「なんだかすごく……幻想的ですね……」

「マサトさんって、芸術のセンスも超一流だったんですね！」

花火に見入りながら、蟹釜飯もゆったり味わいながら、しばらくの間俺たちは心洗われるひとときを堪能した。

最後に一発、ドデカいやつが上がったあとも……しばらくの間、キャンプファイヤーに目を移して余韻に浸る。

気がつくと、時は既に満天の星が広がる真夜中となっていた。

「ふぅ……なんだか凄《すご》くスッキリしました！」

「たまにはいいですね……こうしてゆっくり過ごすのも……」

二人とも、日常から解放されてシャッキリと心をリフレッシュできた様子。

キャンプファイヤーも残り火がだいぶ弱くなってきたので、土に埋めて今日はお開きとすることにした。

「みんなありがとうな。こんな遊びに付き合ってくれて」

「こちらこそありがとうですよ！　面白いものをたくさん見せていただけたんですから！」

「またやりたいですー！」

「そうだな、またたまにやろう」

「じゃあ、そろそろ店じまいの時間ですし……今日ずっと頑張ってくれてた最高位神様にお礼も言いたいので、店に戻りますね！」

「ああ、俺も行こう」

すっかり満足した俺たちは、その足で店に戻ることに。

店に着くと、稲妻おじいさんはちょうど最後のお客さんのお会計の対応をしているところだった。

エピローグ　久しぶりの「あの料理」

「今日はありがとうございました！」

『なあに、いいんじゃよ。なんせ儂《わし》らの恩人の頼みじゃからのう』

最後の客を見送った後、俺たち四人は厨房《ちゅうぼう》に集まった。

頼みごとは全て終わったが、これだけ働いてもらったからには稲妻おじいさんにしっかりお礼をしないと。

内容は、未だ稲妻おじいさんに振る舞ったことの無い料理ってのは確定として……何にしようか。

——そうだ。

お礼は茶碗蒸《ちゃわんむ》しにしよう。

茶碗蒸しといえば、俺がこの世界に来てから初めて作った日本食だが、あの時作ったのは限られた材料から何とか形にしたものだった。

だが今なら、どれもこれも最高の材料で、前のとは比べ物にならないくらいアップグレードしたものを作ることができる。

アイテムボックスを確認し、使える材料を確認すると、超魔導計算機のＮＭＭ４で色んな食材を盛り込んだ具だくさん茶碗蒸しの解説動画を作製した。

「この料理を作ってもらえないか？」

「承知しました！」

解説動画を見ると、ミスティナは一通り目を通した後茶碗蒸し作りに取り掛かった。

猪《いのしし》肉ではなく黒八戒《くろはっかい》の肉を使い、蟹や海老《えび》といった前回は使わなかった食材も加え……これ以上ないくらい豪華な茶碗蒸しが出来上がる。

「俺からもありがとう。今日はこんなお願いを聞き入れてもらって本当に助かった」

『なあに、お安い御用よ。……お主が神の常識を超えてきたことには流石《さすが》に驚かされたがのう！』

「これ、食べてくれ。せめてものお礼だ」

『おお！　これはまた美味《うま》そうじゃ！』

稲妻おじいさんは茶碗蒸しを受け取ると、まずはそーっとスプーンで一すくいし、ゆっくりと口に運んだ。

『……何という美味じゃ！　ガルス＝ガルス＝フェニックスの卵にこんな使い道があったとは……これは革命じゃぞ！』

相当美味《おい》しかったのか、稲妻おじいさんは子供のようにテンションを上げてそうまくし立てた。

茶碗蒸しに始まった、俺の日本食探求。

思えば……あそこからよく、ここまで活動を広げられたもんだよな。

主要な食材は調味料含めて全て日本にいた時以上の品質のものが手に入り、一緒に料理を作ったり、楽しんでくれる仲間もこんなにもたくさん増えた。

全てはあの、変なミニトマトから始まったこと。

ありがとう、あの時のミニトマト。

そしてこの世界で出会った全ての人々、そして神々。

みんなのおかげで、俺は前世の時には考えられないくらいの幸せ者になることができた。

「あれ……マサトさん、どうして泣いちゃってるんですか？」

「いや……ちょっと色々考えてたら、感動しちまってな……」

これからも、大切な仲間たちと一緒にまだ見ぬ美食の極みを探求していこう。

比喩《ひゆ》ではなく文字通り、永遠に……な。

あとがき

WEB版からの方はこんにちは、初めましての方は初めまして。

どうも、著者の可換環《よしがえたまき》です。

この度は三巻に続き『転生社畜のチート菜園４』も手に取ってくださり、誠にありがとうございます。

本作コミカライズも連載中なのですが、先日コミックス一巻がついに発売されました。

凄《すご》くほのぼのとしていて癒される作品となっておりますので、まだの方はぜひ手に取っていただけると嬉《うれ》しいです……！

（ちなみに僕は個人的に将人《まさと》が凄いことをするたびにドライアドたちが得点板を出す演出が結構好きです。「何のことだ？」と思った方はぜひぜひ読んでチェックしてみてください！）

さて、ここからは多少ネタバレ要素を含むので、あとがきから読む派の方がいましたらご注意を。

今回は、なぜトレントをあの設定にしたのかの裏話でもしましょうかね。

まあ、お察しの方も少なくはないかもしれませんが……僕、一回やってみたかったんですよね、
ファンタジー生物の「トレント」と、Ｐ２Ｐ方式でユーザー同士が直接ファイルのアップロード／

ダウンロードを行うソフトの「Ｔｏｒｒｅｎｔ」をダブルミーニングにするやつを。

ただ、アイデアはあったものの、このダブルミーニングを物語の中で上手《うま》く活《い》かしきるにはって考えるとなかなか難しく、今まで実行に移したことはありませんでした。

しかし本作なら、「樹液をＰ２Ｐ方式でいろんな木からダウンロードする」的な設定にすれば主人公のためにメープルシロップを集めるって形でフルに活かすことができるぞと閃《ひらめ》き、今回晴れてこの設定にさせていただく運びとなりました！

……何の話だって思われた方がいたらすみません。

ちなみにまた話が変わりますが、皆さんは作中で出てきた食べ物でどれを一番食べたいと思いましたか。

僕は圧倒的に鰻《うなぎ》そぼろ丼ですね。

あれ、実家で暮らしてた時にお祝いの日とかに母がよく作ってくれていたものなんですが……思い出補正もあるのかもしれませんが、鰻と卵そぼろの相性って最高なんですよね。

ふるさと納税で来た鰻がまだ一尾残ってるので、暇な週末にでも自分で作ってみようと思います。

最後に、皆様に謝辞を述べさせていただきたいと思います。

本作品が形になるまでの全工程を支えてくださった担当のＨ様＆サブ担当のＯ様。

素晴らしいカバーイラスト・挿絵を描いてくださったｒｉｒｉｔｔｏ様。

それ以外の立場からこの本に関わってくださった全ての方々、そして読者の皆様。

皆様のおかげで、無事この本を出すことができました。本当にありがとうございます！

お便りはこちらまで

〒102－8177
カドカワBOOKS編集部　気付
可換環（様）宛
riritto（様）宛

カドカワBOOKS

転生《てんせい》社畜《しやちく》のチート菜園《さいえん》 4

～万能《ばんのう》スキルと便利《べんり》な使《つか》い魔妖精《まようせい》を駆使《くし》してたら、気《き》づけば大陸一《たいりくいち》の生産拠点《せいさんきよてん》ができていた～

2023年 7 月10日　初版発行

著者／可換《よしがえ》　環《たまき》

発行者／山下直久

発行／株式会社KADOKAWA

〒102-8177
東京都千代田区富士見2-13-3
電話／0570-002-301（ナビダイヤル）

編集／カドカワBOOKS編集部

印刷所／暁印刷

製本所／本間製本

Printed in Japan
ISBN 978-4-04-075030-9 C0093

新文芸宣言

かつて「知」と「美」は特権階級の所有物でした。

15世紀、グーテンベルクが発明した活版印刷技術は、特権階級から「知」と「美」を解放し、ルネサンスや宗教改革を導きました。市民革命や産業革命も、大衆に「知」と「美」が広まらなければ起こりえませんでした。人間は、本を読むことにより、自由と平等を獲得していったのです。

21世紀、インターネット技術により、第二の「知」と「美」の解放が起こりました。一部の選ばれた才能を持つ者だけが文章や絵、映像を発表できる時代は終わり、誰もがネット上で自己表現を出来る時代がやってきました。

UGC（ユーザージェネレイテッドコンテンツ）の波は、今世界を席巻しています。UGCから生まれた小説は、一般大衆からの批評を取り込みながら内容を充実させて行きます。受け手と送り手の情報の交換によって、UGCは量的な評価を獲得し、爆発的にその数を増やしているのです。

こうしたUGCから生まれた小説群を、私たちは「新文芸」と名付けました。

新文芸は、インターネットによる新しい「知」と「美」の形です。

2015年10月10日
井上伸一郎